米祠

余松 著 +

GUANGXI NORMAL UNIVERSITY PRESS
广西师范大学出版社
·桂林·

图书在版编目（CIP）数据

米祠 / 余松著. 一桂林：广西师范大学出版社，2022.1
ISBN 978-7-5598-4473-6

Ⅰ．①米… Ⅱ．①余… Ⅲ．①长篇小说－中国－当代
Ⅳ．①I247.5

中国版本图书馆 CIP 数据核字（2021）第 237465 号

广西师范大学出版社出版发行

（广西桂林市五里店路 9 号　　邮政编码：541004）

网址：http://www.bbtpress.com

出版人：黄轩庄

全国新华书店经销

北京盛通印刷股份有限公司印刷

（北京经济技术开发区经海三路 18 号　　邮政编码：100176）

开本：880 mm × 1 230 mm　　1/32

印张：6.75　　字数：117 千字

2022 年 1 月第 1 版　　2022 年 1 月第 1 次印刷

定价：49.00 元

———————

并非荒诞，只是过于真实

———————

目 录

人物

米度：米堡村民

米加：米度长子

米义：米度次子

......

米弗：米堡书记

米维：米弗之子

米丽：米弗之女

米格：米维之子

......

米征：米度挚友

米普：米征长子

米巴：米征次子

......

米陀：老会计

米元：米陀之子

......

米赞：米堡破落户

......

七位长老：米弗、米化、米栾、米宁、米离、米夏、米高

第一章·米祠

米 祠

米堡是个充满传说、笼罩着神秘光环的小山村。专家考证这个村子已经有上千年的历史，据说是唐朝"昭武九姓"之一的后代流落于此，被市文化馆老馆长誉为"文明的活化石"，堡里的老人则说自己是北宋大书法家米芾的后代。

米堡的人都姓米，代代相袭，嫁到堡里的人也要改姓米。米堡最神秘的就是那个位于堡子西侧的祠堂——米祠。据说"米祠"这两个字就是米芾的亲笔。祠堂里还有一幅草书中堂"存真"，据说也是米芾的真迹。

米堡有个奇特的族规：将死之人要被送进米祠。他们相信每个人都是祖先部分灵魂的转世，从出生开始就在俗世中沉沦，远离祖先，只有在祠堂里他们才会重新亲近祖先，远离世俗，准备着灵魂的最后回归。在灵魂被祖先接走后，躯壳才被移出祠堂，在米堡东面的归宗台火化后葬在祖茔，入土为安。

米祠坐落在堡子西面崖壁下一个地势略高的平台上，依山而立，高大、森严，俯视着整个堡子，像个威武沉默的守护神。祠堂有两间屋子垒起来那么高，后墙紧挨着山崖，南北墙的最上面各有四个头颅般大的洞，原先米祠的采光靠就是这几个圆孔和铁门最上面的间隙，后来村民在屋顶安装了防爆电灯，整夜不熄。祠堂正面是一个三米宽、与祠堂等长且一般高的狭窄小院，那墙也足有三米高，最北侧是个茅房，南侧有口大水缸，石凳上放着一个斑斑驳驳的厚壁老式铜盆。小院和祠堂各有一扇粗重的铁门，食物可以从铁门最下边一个一尺见方的小洞口递进去。

小院外面则是个很大的院落，院墙是用近两人高、三十公分厚的青石砌成的，院子里有两株三四十米高的古柏，其中的一株自堡子里最年长的人记事起就是那样：整个树干像是枯死了，顶部只有稀疏的几根残枝，有两根枝干上尚有零星绿针，是文将军。另一株粗壮茂密，犹如一把巨伞，是武将军。院外还有几株高大的钻天杨，长得枝繁叶茂，郁郁葱葱。大门前那两个分列左右、粗糙、鼻子被摸得锃亮且有一人高的石马，据说当初因驮着临难之际的祖先逃难至此，劳累而亡。米堡的人因此禁食马肉，连骡子肉和驴肉也不吃。

在米祠的院子里有一些乌鸦，大概几十只，据说其中有一只白乌鸦，只有死人才能看见，在进祠的人将死之际飞落在祠堂顶上，也有人说就落在祠堂的正门上，其余的乌鸦会整齐地蹲在院墙上，不鸣不飞。白乌鸦会发出一种很奇怪的、像是二胡颤音的叫声，又尖又长。"那是保佑祖宗的神鸟，接引灵魂回到祖宗那里"，堡里的老人都这么说。虽然没人看见过它，但是有人听见过那种尖锐的叫声，像伤心欲绝的哀歌。

米祠里除了一张双人床大小的木榻，还有一些柜子，都是木制的，原来可能是枣红色，经过岁月的侵蚀，现在几乎看不出底色了。这些柜子一个挨着一个，整整齐齐沿墙而立，是祠堂里唯一的装饰。木榻前还有一张两尺宽的栗色条案，被磨得黑亮，上面散放着文房四宝，后来毛笔改成了自来水笔，到现在则是那种廉价的碳素笔。柜子里是什么？据说是祖先的启示，也有人猜测是一些难懂的经卷。有一次，县里文化局的专家想来考察一下柜子里的东西。长老们——当时还是九个——商量来商量去，无人敢破族规，最后决定找个合适的理由谢绝。

在米堡，入祠是堡里人最后的荣耀，要举行一个隆重、威严的仪式。先由长老们商议决定是否送入祠堂，一旦决定，就举行掷签仪式，选出四位长老担任司仪，再选出家属成员之外的四个人负责抬安魂架。

送入日必须是单日，每家要出一人，只限男丁，佩戴有红色犄角的彩绘山羊头面具，在院子里举行仪式。先是主持族长焚香、开锁，念一篇告慰祖先书，然后四位被选出的长老跪拜后，两前两后护送躺在安魂架上的人，其余的人则跪送。前面的两位长老是要进入祠堂内的，后面的则守在祠堂的铁门外。主持族长开始唱号，从进入大门起，五分钟之内必须出来，否则两个站在铁门边的监督长老可以将祠堂的门上锁。据说有一次因为米赞的祖父拽住其中的一个长老不撒手，险些被一起锁在里面。

米祠院外临墙有个小房子，住着两个看护祠堂的人，现在是米朝和米图，每天早上七点十五、中午十二点十五、晚上五点十五，他们戴着特制的面具把进入祠堂者家人提供的食物从铁门下的小洞放进去，绝对不能与里面的人交谈，否则灵魂将不被祖先接受。

进入米祠的都是将死之人，在里面让灵魂逐渐净化，和祖先交谈，最后被祖先认可接纳，进入祖先们的天堂。那些死在祠堂外的灵魂是不完整的，死者的家人需经长老会议同意，捐一笔善款，才可以将尸体放入祠堂三日三时三刻，并在院子里做法事，祈望祖先垂怜，让飘离的游魂认祖归宗。

堡子里有一个人在接到送入决定的黄锦带时跑掉了，就是米赞。据说他最后死在挺远的一个堡子的果树林里，有人看见几只野狗在撕扯他的尸体。这种事情之前还从未发生过，任凭米赞家人如何在祠堂前做法事超度，堡子里的人都说米赞破坏了族规，觉得他的灵魂一定不会被祖先接纳。谁都终究难免一死，为什么要把灵魂交给别人呢！就在米赞逃跑的第二天，也就是应该举行送入仪式的中午，米赞家的一头快出圈的大白猪和几只鸡鸭同时暴毙。这无疑是祖先的惩戒。长老们表情凝重地商议了一下午，最后决定由米赞家出资，呈上许多供奉，再举办三场祈愿法事，祈求祖先的宽恕，不要殃及族人。

在米堡人心中，米祠是极其庄严神圣的。有一次，献祭结束打开祠堂最里面的门时，一只哈巴狗从里面跑了出来，吓了大家一跳。有人认出是米栾家去年从县城花三百块钱买回来的那只，肥得走起路来像老会计米陀，一步三摇，走走歇歇。它是怎么进到祠堂大院，又是怎么钻进祠堂里的？从祠堂西墙下那个小洞？就是把它的皮肉剥掉一层也挤不过去。"可能是祖先在暗示什么。"老书记米弗狠狠地骂了米栾一顿。米栾虽然舍不得，还是踢了它一脚。此后堡子里的人就不知道该怎么面对这只从祠堂大摇大摆走出来的狗了，仿佛是被祖先施了魔法，它常常停下来瞪着你，一副被委以重任的样子。

那件事之后的一年里，有两位长老先后被送进祠堂，又引起了关于长老成员是否需要递补的争议。以前是几个，谁也说不清，反正从族里最老的人记事起，米堡就是九位长老。剩下的七位，米弗、米化、米栾、米宁、米离、米夏、米高，他们就在祠堂的院子里拜祭祖先，希望得到启示。当晚，在北河上空出现了七颗蓝星，长老们于是决定遵从天启，从今而后将长老人数维持在七位，永不变更。

米堡总有些奇异的事发生。前些年老会计米陀家的公鸡下了颗蛋，大家都觉得要有什么事情发生，唯独浪荡子米赞不以为然，过几天把那只公鸡偷来炖了。结果米赞赶着牛车去山上捡树枝的时候被牛车压伤了脚，车也陷进烂泥里，那头黑牛险些在淤泥里闷死。像米征那些不信邪的人就说，说不定那只公鸡只是想找个地方趴一会儿，就钻进母鸡下蛋的草葫芦，抱着母鸡的蛋睡了半天。骡子不下崽儿，公鸡不下蛋，这都是天经地义的事儿。可谁又知道到底是怎么回事呢？

米祠作为族人灵魂的居所，米堡人对它只有敬畏，一切的荣耀都将在这里得到最终确认。神秘的米祠静静地矗立在那里，历经风吹日晒，迎来送往一代又一代的米姓子孙，守护着那一道灵魂之门。老人们总是在说着堡里的一些奇闻逸事，证实着祖先对他们的看顾，有慧根的人还能看见祠堂周围常笼着一圈蓝色的微光。

第二章 · 米度

米 祠

夏末的天气依旧闷热难挨。米度一晚都没有安睡，有一会儿恍惚睡去，又很快惊醒，浑身潮乎乎的，一身冷汗，虚弱的身体里仿佛有个声音一直在和他说话："米度，就要去祠堂了，还有什么放不下的吗？"

米度年轻那会儿，在堡里做了十几年的民办小学教师，算是个知识分子，受到大家的尊敬。后来学生越来越少，他就辞职不干了，没赶上民办教师大规模转正的好事儿。女人总是说他固执，不懂得变通，不好好做个老实人。他虽然嘴上倔强，也觉得再坚持几年就好了，现在也能像米彭一样躺在藤椅上每月还有两千多块退休金，在堡子里不用种地就可以过着衣食无忧的生活。教书那几年，米度在家里攒了不少书，什么《三国演义》《西游记》《水浒传》《三侠五义》《杨家将》《岳飞传》，讲起来头头是道，堡里人都喜欢听他谈古论今。

他和女人生了三个娃子，老大米加、老二米义都在堡子里，虽然没有大富大贵，可日子过得也不比别人差。闺女嫁到了外村一个殷实的家庭里，就是小两口总拌嘴让他不省心。他不喜欢当官的，不喜欢逢迎的，也不喜欢夸夸其谈的。在米堡，他和米征最合脾气，老哥俩没事就坐在院子里的葡萄架下，摇着蒲扇嚼几颗蚕豆喝两盅，说些堡子里的新闻旧闻、是是非非。

米度上个月被查出胃癌晚期，县里的大夫说最多只有一个月的光景。他本就单薄的身体日渐消瘦，到后来每餐只能喝一点米粥，这几天还经常呕吐，呕吐物带着血丝。离医生判定的日子只有不到十天了，他已经虚弱得站一会儿就喘得厉害，摇摇晃晃，像根经了霜的长叶草，委顿不堪。

就在昨天，长老会已经决定把米度送入祠堂，负责护送的人也选出来了。白天，人们陆陆续续来看望他们。米度故作镇定，强作笑颜。女人陪他哭了半宿，现在就在他旁边和衣而睡，眉头紧锁，好像梦里也承受着无限痛苦。他把孙子打发到外屋去睡了，看不到会安心些。他合上眼，想早点入睡，可恐惧依然紧紧抓着他不放。

"这是荣耀"，他知道。自己一生没做过什么亏心事，无疑很容易就会被祖先接纳，但总是控制不住地慌乱，有一阵子身体抖得像脱粒机上的玉米棒，连牙齿都相互撞个不停。谁不会死呢？再熬几天就好了，在祖先那里一样可以得到照顾和亲情。他一直这么告诫自己，就是无法安慰身体里的恐慌，"怎么这么没出息！"

　　他看了看女人，这一辈子辛苦她了，拉扯几个孩子可不容易，自己教书那些年很多地里的活计都是她带着孩子们干的，春种秋收，一年一年的就这么过来了，这日子要是没她，他一个人估计也应付不来。自己这么多年也并没对老伴儿有多少额外的关心，说了那么多次，也没带着她去省城转转，真是对不住啊！老伴儿吧嗒了一下嘴，紧蹙的眉头略微舒展些，也许你可以过两年再找一个伴儿，只要对你好，活得足够长就行。米鲁？算了，他太懒了，嫁给他你会更辛苦。或者就让孩子们养你老吧，每天和杰杰在一起，多好啊！

　　米度轻轻叹了口气，慢慢转头看着屋子里那些熟悉的家当，那个黄色的箱子从结婚就跟着他们了，上面的墙上是三个孙子的照片。"任谁最终都会回到祖宗那里，这是自然规律。我死了，你们也就长大了。只是我会在那边很想你们。"他最喜欢的是小孙子米杰，小家伙五岁了，比哪个都能说，没事儿就坐在小板凳上让爷爷给讲故事，听得眉开眼笑的。

　　"胃癌！怎么会得这种恶病？"他揉了揉眼睛，隐隐觉得祖先没有好好佑护自己。这是个罪恶的念头，祖先是公正的，守护着每一个族人。到时候再问问祖先为什么这么急切召唤自己。要知道，这个家还需要他来掌舵。虽然大儿子人缘好，可是有些懦弱，媳妇过于强悍，还有点蛮横；二儿子倒是挺机灵，就是有点不务正业，总想出去见世面，闯出个名堂来；自己的女人又总是踩着他的影子生活，压根儿就不可能拿个准主意。

米度决定早晨和他们告别时再单独和老二说说心里话，看在自己将要去见祖先，还有过两个月就要降生到这个世上的孩子的分上，承担起照顾这个家的责任。他要是实在还不安分，就让他先和米征的大儿子米普去跑两年车，磨练磨练心性。在米度看来，同辈里，米义最服米普，有米普照应着，自己也能放心些。孩子们翅膀都硬了，都想到窝外扑腾扑腾。他在心里衡量再三，也只有这条路能走得安稳些，让自己放心。

"带点儿什么呢？"按照族里的规矩，除了被褥和几件衣服，任何东西都不能带，在祠堂里要做到六根清净，心无旁骛，全身心地靠近祖先。

——还是带一张杰杰的照片吧，就要那张洗澡时的，小家伙光着屁股咧着大嘴的样子多招人喜欢，多像自己！

祠堂！高得令人疑惧，一想到就心里发慌。在空荡荡的巨大内堂里，到底会发生什么呢？是加倍的孤独和绝望，还是祖先温暖的扶持和庇护？米度想让自己尽量想开点，镇定些，可心里就是感觉慌乱，怎么都不安稳，总觉得会发生一些奇异的事，就像那个传说中的老米康，在里面又活了整整两个月。两个月！他不敢再往下想了。不过看自己的状况，可能三天都挺不过去。

"真是没出息啊！"早晨，七长老之一的米夏把黄锦带送到他女人手里的时候，他还显得很镇静，强打精神和米夏说了几句闲话。就在前几天，他还梦到过这场景，看着锦带上那个古拙的神鸟图案，心里一直在想："来得还是太快了！"他从未想过自己会这么快就进入祠堂，在他并没有仔细思考过的人生中，自己离生命的终点应该还有挺远的一段路，怎么也要再有个十几年，等杰杰也成家立业了，那时候就能心境平和地进入祠堂了。

接到黄锦带后还会有一天的准备时间。他的女人一直哭哭啼啼的，孩子们也都依依不舍。"哭个鬼头！催我死吗？"他用微弱的声音骂道。女人哭得更响了，让他也悲切不已，俗话说的"生离死别"就是这样的吧。

"要是不进祠堂呢？"他禁止自己再亵渎祖训，每个人都有命定的归宿。像其他堡子里的人，死了就死了，烧了，埋了，也没有这么多规矩，但是荒山野岭的，灵魂在哪里安息呢？

外面的狗突然叫了起来，左邻右舍的狗也叫起来，几只狗一声赛一声地嘶吼，最后堡子里的狗都跟着叫起来，吠成一片。"这是在为我送行吗？还是这些生灵看到什么了？"他觉得祖先已经在晨雾中等待着自己的到来了。

去吧！在里面安静地死去，归入祖先荣耀的行列，成为庇护米堡神灵的一部分。过了一会儿，众犬的大合唱终于停下来，外面渐渐露出些微的晨曦，被犬吠吓着的公鸡也开始扯着脖子战战兢兢地啼鸣起来。

"是时候了！"他在心里暗叹道。

早饭时，米度喝了一点米汤，觉得胃里竟然有点儿空落落的，原来那些丝丝绕绕的感觉减轻了不少，于是又吃了个鸡蛋黄和几丝榨菜。女人和孩子们给他换上新做的长衫长裤，杰杰在屋子里转来转去，不解地望着围着爷爷忙活着的人们。他不喜欢这种漆黑的颜色，要是深灰的就好了。他依然很虚弱，脸上渗出细细的汗珠。洗漱完毕，女人用毛巾给他擦着额头，她看起来已经不那么悲伤了。这就对了，就像出趟远门，只不过忘了回来。

正午十二点十五分，仪式开始了。雕花的牛皮鼓咚咚咚敲了九下，接着笙管齐鸣。带着族长面具的米弗宣布入祠仪式正式开始，牛皮鼓又敲了九声。鼓声中有个人走到米度身边，把装着日用品的包检查了一番，用手在他瘦弱的身体上从头到脚拂过，在他腰间别着的烟杆上迟疑了一下，连着包里的烟口袋都留下了，却把打火机拿走了。米度脸上蒙着块黄绸，眼前只有一团模糊的光亮。粗大的檀香已经燃起，浓重的香味立刻就在院子里弥漫开来。

米 祠

米度的大儿子米加在铁门前跪拜，所有人都跟着叩头。米弗开始读告慰祖先书，像在唱古曲，米度一句话都没听清楚。告慰书不长，很快就读完了，然后米弗从一个人手中的托盘里拿起那把黄铜钥匙，走过去开锁。不知道是不是锁锈住了，他站在那里摆弄了一会儿才打开。米度听着粗重的大铁门被吱呀呀地拉开，心里又惶恐起来，几乎要昏厥过去。

"起架！"米弗高声喊道。米度心里跟着一哆嗦，身体被慢慢抬起来，就像漂浮在半空中。

"入祠！"米弗接着喊道。米度觉得自己脑子里迷迷糊糊的，随时要昏厥过去。几个人的步子不快不慢，离祠堂的大门越来越近了，他觉得仿佛有股力量在向里牵扯着自己，跟着眼睑上的颜色暗下来，米弗已经开始唱号，他知道自己已经被送进祠堂里了。又走了几步，安魂架停下来，他被慢慢放下一点，然后被几只手抬起来放到床上，接着响起杂乱的脚步声。

他突然想叫住他们，又不知道说什么。算了，就这样吧。米弗的声音停了下来，铁门吱呀呀地被关上，哗啦两声上了锁。鼓声响起，笙管渐息。他知道人们在进行最后的叩拜，过了一会儿，鼓声停了，杂乱的脚步声最后也消失了，惊走的乌鸦还没回来，院子里一下子变得静悄悄的，仿佛什么都没发生过。

米度躺在那里没有动，能闻到祠堂里那股掺杂着檀香和老木头的干燥的味道。他等自己渐渐平复下来之后，把黄绸拉下来，慢慢张开眼睛，屋顶那盏防爆灯像个戴着头盔的脑袋在半空中打量着他。祠堂里面比外面看起来更加高大空旷，白光从圆洞和门栏射进来，光线里飘着一些尘埃。他慢慢撑起上半身，看到周围那圈柜子默默靠墙矗立，有的上面还摞了一层，足有两人高。祖宗的牌位在西侧墙边的高台上，下面铺着一个厚厚的黄色布面蒲团。他坐起来喘息了一会儿，挣扎着从床上下来挪过去，双手十指交叉握在胸前，在蒲团上慢慢跪倒，心中默念："祖先，米度来了。"

跪了一会儿，膝盖有些疼，异常疲惫，米度费力地站起来到木榻上坐着又喘息了一会儿，想躺下歇会儿。他望着墙边的柜子，"里面到底是什么？"米度迟疑着走到最近的柜子前，心里又有点恐慌。他慢慢拉开一侧的柜门，里面摞着一些本子，就和条案上的本子一样。"原来只是一些本子。"他又拉开旁边的两个柜子，都是些本子。他翻开最顶上的一本，上面歪歪扭扭写着字："我 cai，米卡家的三只公鹅是米赞偷着给卖了，那天我看见他骑 mo 托往北走，后座带个塑料袋，古留留的在动。"

这是谁写的？他前后翻了翻，没留下名字。他又翻了一本，里面有前几年死的米胡写的，什么米弗曾经让他把自己家最好的地和米贵换了，说多补给他二分，结果最后却不认账了。"天打雷劈！"米胡把这几个字写得格外大。他一定是气死的。想到这儿，米度不禁也在心里嘲弄起来，但立刻觉得嘲笑死去的人可不好，说不定他们就在半空中盯着自己呢。他抬起头向上面看了看，高耸的梁顶显得异常粗壮坚固。

他拿了个本子回到榻上，慢慢靠着被子坐下来。自从成家立事后，都是他参加这种仪式，没想到上次送走米忠后竟然轮到自己。唉！真是世事难料。

他把身子往榻尾挪了挪斜躺下来，望着高高的梁柱，胡乱地想着，一会儿想起自己以前教书时的事儿，一会儿想起种地的事儿。对于种地，米度现在承认自己实在是种得不怎么样，一开始还觉得是自家的地不肥，后来调地的时候，他分到了一块好地，可是产量还是比人家的差一些，他只是不服气。现在他终于承认，对于种地，自己实在不是个好手，好在就这么也没饿着地过来了。但是米度对土地总有种很特别的感情，几天不到地里去转转就觉得不自在。现在进了祠堂，除了时常袭来的惶恐感，就是觉得闷得慌。他还想蹲到田间的小河沟边，看着下面摇曳的水草和寸许长的小鱼儿自由自在地游来游去，还有蹲在草窠里刚掉了尾巴的草青色的小水蛙。

"人死了，在那边还是像这边一样种地、有农忙吗？"这几天他都没怎么合眼，现在终于安静下来，过度的疲乏让他很快就迷迷糊糊地想好好睡上一觉，可心底的惶恐仍旧缠着他，就一边翻着本子，一边胡乱想着，又折腾了一会儿，才歪着头睡着了。

　　祠堂看门人米朝把一个祭祀用的竹板忘在祠堂大院里了。他喂完那只憨头憨脑的秃尾巴大黄狗，牵着它到祠堂大院里，在西边树下找到了那个磨得锃亮的发黄的竹板。米朝看了看毒辣的太阳，在温热的水泥圆台上坐下，从腰间掏出烟口袋，满满地塞了一锅抽起来。大黄狗伸着长长的暗红色的舌头，低眉顺眼地坐在树下的阴凉里，后来干脆就趴下了。他拍了拍它的大脑袋，黄狗耷拉着眼皮一动不动。

　　米度被送进来了。他已经记不清这是自他看门后被送进来的第几人了。那时他才二十六岁，第一个被送进来的是米赞的爷爷，送进来第二天就咽气了。刚开始时，他晚上因为恐惧睡不着觉，听着旁边米堂（前任看门人）响亮的呼噜声，想着米赞爷爷那只看不见东西半睁的眼睛，像在棚顶盯着自己。渐渐他就不怕了，送进来，抬出去，再送进来，再抬出去……

　　他和米堂每天给这些垂死的人送饭送水，有时候想和他们说几句话，可是不敢，说话或者送信的人会被祖先责怪，折损寿命不说，死前还被禁止进入祠堂。"我又不是真的姓米，不会有事吧？"但是转念一想，那些嫁过来的也都不是姓米的，还不是一样。尤其是米赞跑了之后，他家的猪突然暴毙，更让堡子里的人惊悚于祖先的灵验。

米朝看着圆台上一个小豁口，那是自己的女人用锤子砸核桃时留下的。那女人身上的肉真厚实，抓在手里心里就踏实，可惜只过了半年就跑了。她现在在哪儿呢？和谁在一起？会不会哪天突然就跑回来了？真他妈的！

米朝是老光棍米禄捡来的，左手少了两根手指。到米禄死之前，米朝也没娶上媳妇。后来，有一次米朝去县里，回来时领着一个又矮又胖的哑巴女人。堡子里的人开始用异样的眼光看待米朝。他嘴上像贴了封条，怎么都不说这个女人的来历，逼急了就说是亲戚给介绍的。谁都知道米朝从七八岁就被米禄捡来了，连自己家在哪儿都不知道，哪里来的亲戚？说不定是拐来的，或者买来的。

米朝把目光从地上的青石转向祠堂的小院门，米度现在一定就躺在那个木榻上，孤零零地等死。说起年龄，自己和米度差不多，因为辈分小，所以还要叫米度叔叔。

"都快到要被送进去的年龄了。"他叹了口气。米堂是在一个早晨从屋子里出去上厕所，刚出外屋门，一头栽倒的。等米朝过了一会儿从屋子里出去时，米堂已经只有出气没有进气了，流出的口水把嘴角边的土都和成了泥。米堂被送进去的第二天就抬出来，死了。真快！不知道自己哪天不行了，谁会把自己送进去。

米堂死了的那段日子，晚上米朝总睡不踏实，总觉得米堂还睡在身边，恍惚间还能听到他的呼噜声。哑巴女人让这一切都消失了，可惜只有短短的半年。女人跑了之后，他又去了几次县城，在遇到女人的大堤附近转来转去，向人打听，却没人看见过这样一个女人。

和堡子里的人一样，米朝也觉得米度人不错，又能识文断字，但是人总免不了要被送到这里，不知道米度能坚持几天？他抽完一袋烟，又坐了一会儿。树上的乌鸦被仪式折腾了一阵子，都飞回来缩着脖子蹲在枝头昏昏欲睡。

等一会儿天凉快了，还要把院子打扫一下，洒上清水。他站起身，觉得有点儿晕，伸了个长腰，用脚踢了踢大黄狗。大黄狗扭过头看着他，他把脚伸到它肚子下面使劲儿向上抬，它才不情愿地哼哼唧唧站起来，跟在米朝身边向外一摇一晃地走去。

他要去买两瓶啤酒。晚饭这回有得吃了，米度家会多送来一些，这是堡子里的老规矩。

第三章 · 老米卡的疯女儿

米 祠

晚上，祠堂外面突然传来一阵女人的歌声，本来已经打算睡觉的米度走到小院子里侧耳听了听。声音越来越近，唱的是小调。在堡里高声唱歌的女人，只有老米卡那个疯女儿。

"郎拿柳筐女儿拿箩，东山采芹西塘采荷，郎心似蜜妾心甜，采呦，采呦，天色暗，柳筐摞在青箩上，哎哎哟！柳筐摞在青箩上，哎哎哟！"疯女人把尾音拔得很高，听起来又尖又细，在夜空中飘荡，让人惊惧不已。

米度已经记不起她到底叫什么了。米真？堡里估计没几个人知道她的名字了，人们都叫她疯子。歌声时断时续，在大门外徘徊了一会儿，渐渐远去了。

老米卡像米堡里的一个幽魂。你总能碰到他，佝偻着，手里拄着根磨得光溜溜的榆木棍子，花白稀疏的长胡子，总是咳嗽，吐出一口浓痰，再擤一把鼻涕，把手在土黄色的脏裤子上擦一下，再用手背抹抹昏花的老眼。他有白内障，他唯一的儿子好不容易把他带到县医院做了手术，没过几年又看不清楚了，也就没人管了。

"他眼睛里咋不长个珍珠啥的值钱的东西？"他那个孝顺的儿子有一次被大伙取笑时说。除了儿子，老米卡还有个女儿，是捡来的，长大了不知怎么突然就失心疯了。现在也看不出来到底多大年纪，她衣服上的泥比布料还厚，脸上也是脏兮兮的。年轻时她长得还挺好看的，要不是因为老米卡太穷，说不定会嫁个好人家。

她突然间就失踪了。等几天后人们在东山沟那里找到她时，已经疯了。一开始她就是又哭又笑，还能认识堡里的人，没过三两个月，人们发现她竟然像是怀孕了，肚子越来越大。直到她又一次失踪了一个来月，再回来肚子也瘪了，算是彻底疯掉了。她到处游走，隔三岔五地还会回到米堡，坐在家门口的大石头上，也不进院儿，怀里抱着个脏兮兮的小花枕头，也不知道从哪儿捡的，可能是从哪个刚死的小孩儿坟头拿的，轻声哼着一首像是哄孩子的歌。有时候她会突然厉声训斥起来，使劲儿拍着枕头。过一会儿又把枕头抱在怀里，像搂着孩子似的边摇边哄。有时候老米卡出来了，把旁边起哄的孩子们赶走，和她说了些什么，她会疑惑地看着他，有时候会站起来跟着回到屋子里。

老米卡人老眼花，丧失了劳动能力后，儿子就搬出去住了。

他和疯女儿住一起，没事就去山上捡些干枝当柴烧，收割的时候也去地里捡落下的稻穗和瞎玉米。前年堡里上低保，每个月三十块钱，连四十多岁的老光棍米宽都有了，居然没有他的份儿。后来年底时，他孝顺的儿子去找米弗的儿子米维，第二年三月份，低保开始有了他的份儿，不过都进了儿子的口袋。堡里人都说"只有牲口才能做出这种缺德事儿来"。

老米卡后来也对这个疯女儿失去了耐心，常厉声呵斥，甚至用榆木棍打她。看样子她也有点怕老米卡，像是在嬉闹一样做个奇怪的表情，转身跑开，又停下来回头看一会儿，再转身腾腾腾地迈着大步走了。

老米卡终于不行了。疯女儿在他被抬出祠堂后回来了，像是恢复了理智，抱着老头儿的头放声大哭，还对要抬走尸体的人尖叫。当时米度就站在旁边，疯女人哭得脸上都花了，鼻涕流得老长。到现在他还记得那尖锐刺耳的叫声，就像两把铁锹在一起刮擦。

那以后，疯女人回来得就少了，谁也不知道她在哪儿。其实在哪里都一样，有家没家对她来说也没什么分别。关于她的那些传言米度将信将疑，尤其是有人说她突然发疯和米弗有关。他不相信米弗那么机灵的人会干那种蠢事。不怕坐牢吗？不过她最怕的人就是米弗，每次远远见到米弗走过来就惊慌失措地跑掉了。

一只狗又叫了起来，只几声就停下来。他想着自家的那只，这里真应该养几只狗陪着进来的人。电视上不是说叫什么临终陪护吗？不用有人，有只狗就行，总比那些乌鸦、蛐蛐和潮虫更通人性。

米度虽然教了这么多年的书，可还是和米堡其他的人差不多：没事就想想地里的活计，看看猪栏、鸡舍要不要补一补，比较一下各自地里的青苗，很少想未来的事。现在坐在这里，他倒是有工夫想想以后的事。以后？可能只有几天的光景了，还有什么好想的！等待死亡的滋味比想象中更枯燥，更令人心神不安。祖宗怎么会定下这种规矩呢？起码也要有几个人陪着聊聊天、抽袋烟什么的。一想到抽烟，他就觉得嘴里没滋没味的，拿过烟口袋，捏出一撮烟丝放到烟锅里，没有火，空吸了几口，只有一丝淡淡的烟油味儿。

他从烟锅里捏了几根烟丝放进嘴里嚼了嚼，辣滋滋的，口水立刻涌了出来。他已经习惯了那股辛辣的味道，但怎么都不如嗞嗞冒烟吸着舒坦。他还想喝几盅张堡的锅底烧，就着点蚕豆和咸豆腐干。啧啧！还有大儿媳妇最拿手的腊肉小炒。他开始怀念一家人坐在大圆桌边的日子，杰杰坐在他腿上，他用筷子在酒盅里蘸一下让孙子舔一舔。杰杰有了以往的经验，头摇得跟拨浪鼓似的，全家人都哈哈笑起来。

米祠

　　米度想着想着，眼睛就湿了，使劲喘了几口气，擤了把鼻涕，用右手拇指和食指捏了捏两个眼窝。多少年没掉过眼泪了！米度的眼窝深，很少动感情。夜深人静，在空旷的祠堂里，对家人的思念越来越强烈，眼泪顺着脸颊慢慢淌下来。他小声呜咽了一会儿，这要是让人看见可够丢人的。他用裂着细密口子的粗大手掌在脸上抹了抹，真是老了，不中用了，像冬天的塑料布一样脆弱。

　　"生死到底是怎么回事？"米度在蒲团上跪了一个多小时，陷入若睡若醒的迷离状态，迷迷糊糊地突然想到。记得刚订婚的时候，他想送给她一双绣花布鞋，就和堡里采药的米卢到东边的九柱山采药。那时的他刚满二十一岁，像头小牤牛，浑身有使不完的劲。

　　他和老米卢采过两次药，都是在三柱山、四柱山附近，那里山势和缓，附近几个堡子的人也常来采药，往往一天也采不到多少。这次他就央着老药匠去远一些的深山，那里人迹稀少，一定可以采到不少好药。老米卢架不住他再三央告，就和他起早往八柱山、九柱山那边走。通往八柱山的路看样子是被山洪冲断了，他俩就折向南去了九柱山。

　　九柱山在这九座山里是地势最险要的，人迹罕至，树木长得极为茂盛，不时飞过一些不知名的山雀，越往里走植物越茂密，没到半山腰他们就采了多半筐草药。两个人坐在一块大青石上歇歇腿。老米卢装好烟点着，把烟口袋递给米度，笑眯眯地问道："米度，对象挺好吧！"

米度就不好意思地"嗯"了声，一边卷着烟一边想着对象现在在干什么呢？是不是在给自己织围脖？她可真是心灵手巧，又体贴又周到，先是给未来的婆婆织了件坎肩，这可比给多少钱、买多少好吃的都贵重。家里人都夸她懂事明理。

那会儿的米度对自己的未来充满了热切的期待。想着和对象甜蜜的爱情，他铤而走险，攀上崖边的一棵松树，顺着它一根弯曲的粗枝想下到一块凸出的有半米见方的石头上。他半蹲着，猫着腰，双手伸在前面抓住树枝上平整一些的地方，小心翼翼地往侧前方挪着，结果脚下一滑，身子歪着就倒了下去，吓得双手乱抓，惊慌不已，幸亏斜挎着的药包钩住了一截向上支棱着的巴掌长的断枝，就在一顿的瞬间，慌乱中他抓住了下面的一根胳膊粗的树枝。他整个人耷拉在半空中，叫也叫不出声，像一件挂在那儿晾晒的衣裳。他顾不得手掌被刺得剧痛，哆嗦着一点一点重新踏上一根粗枝，小心翼翼地把钩住树枝的药包带摘下来，心里不住地向祖先祈祷。等他重新攀上崖头，浑身都被冷汗浸透了，他躺在地上想着如果刚才就此与对象生死两隔，禁不住浑身抖个不停，险些哭出声来。

"人啊！"想起这些往事，历历在目，就像是发生在昨天一样。他在心里长叹了一声，现在真是生死两隔了，自己终究被送进了祠堂，先来完成每个人都难逃的宿命。

胡思乱想地折腾了大半夜，焦躁不安的情绪才慢慢平复下来。然后他就开始翻看柜子里的那些本子。从离祖先牌位最远的翻起，他对那些用蝇头小楷写的没什么兴趣，对那些远祖们"吾命悬于一线，诚惶诚恐，愧对宗祖，祈望静心明愿，忝列宗祠"的说辞看不太明白。他找了两本躺在榻上，看着看着就睡了过去。

夜里，狗又叫起来。他侧卧着，半张着嘴，轻声打着呼噜。

第四章・安排

米　祠

前年秋收之前，米弗在村委会的院子里突然昏倒了，人事不省，被送到县医院，据说马上就被转到了市医院。堡子里有些人松了口气，看他发病时黏涎挂在嘴角，估计这次是不行了，结果只是中风，住了一个多礼拜就回来了。大家暗地里七嘴八舌地议论了一番，虽然谁也没说，但看米弗的嘴角有点歪斜，都觉得应该也挺不了几年了。

米弗原本没仔细想过自己身后的事，自从那次意外后，就开始琢磨怎么让儿子米维接上自己的班。"是时候了"，夜里他孤零零躺在医院的病床上时就暗下决心。

尽管堡子里的人都觉得米维就是个吊儿郎当、只知道东游西逛不成器的混子，可他是米弗的儿子，虽然是抱养的，但米弗只有他这么一根独苗，和亲儿子也差不多。再说米弗的两个弟弟更是不成样儿，与哥哥差得何止十万八千里。现在的会计米元呢？人倒是不错，鞍前马后的，倒是挺有眼力见儿，还是跟了自己几十年的老会计米陀的大儿子，可不管怎样说都不是自家人，不稳妥。想来想去，米弗还是觉得只有米维才会让自己放心。这孩子确实需要抻练抻练，趁着这几年自己身体还行，用不了三年两载的历练，他应该就熟门熟路了，有自己掌舵，掌管一个村子还是不成问题的。

几十年来，米弗在米堡都是说一不二，虽然有长老会其他几位长老，但是每个人都要看他脸色，强势得如同皇帝。堡里人对他的敬畏他都看在眼里，他也无法想象这个堡子离了自己该怎么办，只有他才是祖宗的最好守护者。

米弗身体一好起来就开始安排儿子接班的事。他到镇里去了几趟，最后终于把兼了几十年的村主任让儿子做了。村里人难免议论纷纷，他心知肚明。但是人们的议论突然爆发了，就好像米弗活不了几天了一样，街头巷尾都是抱怨，难听的话像刮起的沙尘暴一样遮天蔽日。在米宁孙子的婚宴上，米普的弟弟米巴喝得醉醺醺的和米维吵了起来，要不是米度几个拉着就纠缠到一起了。

晚上米巴又喝了两瓶啤酒，骂骂咧咧地拎着镐头到村委会把那辆红旗轿车的前窗玻璃砸了个稀巴烂。米维给派出所的哥们儿打了电话，铐子都给米巴戴上了，米弗思前想后没让带走。他心里也恨得牙痒痒，也想借机教训教训米征家这个只会惹是生非的愣头青，顺便让他们一家以后服帖些。可转念一想，兵法里不是有一计叫欲擒故纵吗，堡里人都盼着把事闹大，最好连上面都知道，这可不是什么好事，若是搞不好牵带出什么其他的罗乱来可不值，所以他铁青着脸训斥了米维几句，还是把米巴放了。现在不是较劲的时候，何必火上浇油，就算判这小子个一年半载的，谁知道出来后会干出什么出格的事来。米征虽然一直和米弗水火不容，这一次也觉得理亏，把儿子骂了一顿。

米维为这事儿给米弗甩了好几天脸色。米弗忍着火气，耐着性子，等米维消停了，才把自己的思量捡着紧要的和儿子说了。"你咋不早说！"米维埋怨道。他在心里叹了口气，儿子要是有自己一半的肚量和能力，自己就不用事事这么操心费力了。

那天主持完米度的入祠仪式后，米弗觉得头又晕得厉害，还出了一身虚汗，怕不会再出什么问题吧？这两年他听够了大伙儿明里暗里的抱怨，这样下去也不是办法，总要拿个好主意出来才行。

"我还没死呢！"米弗把米栾叫到家里来，装作漫不经心地问那些飘浮在堡子里的怨言，米栾还没把自己听到的难听话全说完，米弗就勃然大怒。米栾也就不言语了，望着米弗。

"你怎么看呐？"米弗深吸了一口烟，慢慢平复了一下激动的情绪，也为了不让米栾为难，就尽量和声和气地问道。

"我是希望米维能担起来，可是大伙儿这么下去，无事生非的，我怕你脸面上不好看。"米栾道。他知道米弗无论如何是一定要让自己儿子接班，何必逆人家的意呢。再说，米维虽然不争气，可是自己和米弗一家的关系走得那么近，总比旁人横插一脚强。

"我倒不是非要米维来接班。你看看堡子里也没哪个年轻人有担当，要么出去打工去了，要么就是懒得连自家的那点地都侍弄不好。我做了这么多年书记，操心费力就为咱们米堡能平平安安。这么大的堡子，交给哪个能放心！你点子多，给出出主意，帮米维想得周全些，让他多和你长长见识，添点能耐，我也就放心了。"米弗道，脸上微微露出些笑意。

"米维的能力是没什么问题，在年轻人中怎么说也是数一数二的，就是历练得少，有火气。我是觉得这事还得从长计议，急不得。"米栾恭维道。

"嗯。"米弗沉吟半晌。米栾的话有些道理，要是硬让儿子上来，就算自己暂时能压住，过几年万一自己进了祠堂，还真不好办。他翻来覆去想了几天，终于有了主意——搞公开选举。堡子里能数得上的也就那么两三个人，米普、米元，还有已经到祠堂等死的米度。他暗自衡量了一下，心里基本有了谱。

他又把米栾和老会计米陀叫来，寒暄几句后，道："搞个公开选举怎么样？谁有能耐谁就选。"

"选举怕不稳妥吧？"米陀、米栾一时都不知道他葫芦里卖的什么药，异口同声道。

"没什么稳妥不稳妥的。米堡的村主任、书记就应该让全堡人都信服，不然怎么做事？就像打擂台，谁有本事、谁有能耐就谁来，公平合理，哪个也别说什么闲话。"米弗道。

"我看这个法子行，又公平又合理。"老练的米陀立刻就领会了这个出乎意料的想法的高明之处，一来可以平息大伙儿的怨气，二来这可是堡子里从来没有过的大事儿。不是说米维不行吗，谁觉得自己行就上台试试，公平合理。米弗要是没有九成的把握绝不会铤而走险。

米弗先让米栾把风放出去，看看大伙儿的反应；一边到镇里把这个想法和书记说了说。胡书记一听到他这个开明的决定，直夸他政治觉悟高，正好也契合县里今年想搞个试验村的决定。在这样一个古老的村子搞现代民主选举，真是一举多得的好事，这个试验一定要搞好，说不定还能成为市里的样板。没过半个月，县里就批准了米堡的公开选举。米弗得了这把尚方宝剑，琢磨着怎么把这事儿树成县里的标杆，那样的话，别说这几年，就算是下一届再选的时候都是手拿把攥的事了。

米度从镇上回来后，坐在院子里的藤椅上点了一锅烟。午后温暖的阳光从大杨树的叶子间漏下来，斑斑点点地落在他身上。这次和镇长商量选举的时间和各项安排，基本全都按照他的设想定了下来。临走时镇长还特意把他送到大门口，嘱咐他一定要把选举搞得漂漂亮亮的，给镇里争光，给米堡增光。

他望着树上一只刚刚落下的家雀，不禁得意地轻笑了一声。他就是这么个人，凡事都比别人看得长远，想在别人前头，等大家都醒悟过来时早已经是木已成舟，水到渠成。这次的选举看样子也逃不出他的掌控。在米堡，除了最初当选书记那次，他从未怀疑过自己的能力，这么多年就像诸葛孔明一样，运筹帷幄，让米堡这艘古船沿着自己指引的方向航行，纵然遭遇一些风浪最终也都化险为夷。他在心里又把堡里有资格的几个人依次想了想。自己还是老了，要是再年轻十几岁，这些后生崽哪个会是他的对手？只要自己报名了，他们就会知难而退，不自取其辱。可是米维就不同了。他一直想把儿子任性的性格掰过来，放到以前也就罢了，现在可是非常时期，怎么才能让这小子明白其中的利害，心甘情愿地把性子改了，别让自己整天跟着操心、擦屁股呢？

抽了一锅烟，他尚有些犹疑的内心渐渐坚定起来。在米堡，他还没有低过头，还没有他米弗办不成的事！

米弗一大早就遛到米陀家的院子外，隔着修剪得齐整的榆树栅栏和在园子里摘老黄瓜的米陀闲聊着。米弗对这个只比自己小三岁，给自己几乎当了一辈子会计的人最是知根知底。

米 祠

老米陀最近总是感到心慌乏力，对于米弗想搞选举的事，他知道米弗的心思，所以米弗看似漫不经心地一提到这个事儿，他就郑重地告诉米弗："就算选，第一个也是米维，我的儿子可没那个能耐。"他把小臂粗的老黄瓜在手里掂了掂，"谁的崽儿谁知道，米元要是能接我的班我就心满意足了，哪还敢想别的。"

"米元的事放心吧，我心里有数。"米弗知道了米陀的心思，又闲说了几句向办公室走去。让老米陀和米维搭班子他还真有点不放心，米陀心机太深，也就是自己能压得住他，要是换作别人，哼哼。他也干了几十年了，要是一起退下来？他想了想，这倒是一步好棋。堡子里能写会算的人不多，确实没人比米元更有资格做会计。嗯，就这么办，让老米陀这次也退下来，日后哪位长老走了让他递补，然后让米维和米元搭档一起竞选，其他的竞选人也必须是和一个会计搭档，这样胜算就更大了。

米弗坐在办公室里，看着自己建立起来的这一切，看着墙上几面县、镇的奖状，还有柜子里的一排奖杯，感到异常满足。一个人影在窗子外闪了闪，过了一会儿，米赞老娘把门推开一条缝，探进来半个花白的脑袋。

"书记。"她有点儿胆怯，嗫嚅地叫了一声。

"有事儿啊？"米弗把烟锅在桌腿上磕了磕，问。

"也没啥事儿，就是我家米赞……"

"米赞？米赞还有啥事儿？"米弗脑子转了转，冷冷地问道。

"老书记，我整天都为这个事儿抹眼泪，眼睛都要哭瞎了，总是梦到祖宗要我把米赞送过去。你就可怜可怜我这个要死的老婆子吧，别让我见了祖宗见不到儿子啊！"

"祖宗真这么和你说的？"他嘲弄着冷笑道。

"就这么说的，每次都是这么说的。我可不敢当着祖宗的面扯谎，你就可怜可怜我这个老婆子吧。"

"可是这事！……"

"老书记，我们可以加倍供奉，加倍。"

"可这不是供奉的事儿啊。"他又恢复了往日那种冷漠。

"米赞也托梦央告我一定要让他回到祠堂，他做孤魂野鬼怎么对得起咱们的老祖宗，这不是让我们一家在堡子里丢脸吗！这回我就是豁出老命也求你大发慈悲，让米赞回去吧。"

"再说了，这也不是我一个人说了算的事儿，这事儿可是要长老会同意才行。"

"我知道，我知道，我已经和米度家商量好了，米度不是在祠堂里吗，他家的供奉我们出，另外我们再加一倍供奉让米赞回去。老书记，我也是要进祠堂的人了，你可不能让我一个老婆子进祠堂的时候自己的儿子还在外面孤魂野鬼地飘着，那我可怎么闭得上眼啊！在祖宗面前咋抬起头啊！"米赞娘耸动着瘦削的肩膀抽抽搭搭地哭起来。

"你们真和米度家商量了？"米弗问。

"商量了，商量了。他们都同意。"

"嗯，让我想想，我问问其他长老的意见再说。"

"谢谢书记，谢谢书记，我就说老书记通情达理，都是一个祖宗，一定不会让米赞回不到祖宗那儿。我们全家都念着你的好，给你烧香求祖宗保佑！"米赞娘抹着眼角千恩万谢回去了。

米弗仰靠在大皮椅子里闭目养神。"米赞！这个东西。不过选举前要是让米赞回到祠堂倒是件好事，会让堡里人觉得米维对得起乡亲，值得托付。"当初米赞不得再入祠的这个决定虽然是自己做的，长老们也没人反对，现在说服他们几个也不是什么难事，毕竟是同宗同族，即便他们知道自己的盘算，也不会提出异议。只是米赞这个杂种，可给堡里惹了不少麻烦。

这个给米堡惹了不少麻烦的米赞是米度的堂弟，在堡子里可算是个糟烂人物，生性滥赌。除了赌博，做起其他事也是厚颜无耻。人们都说米赞有赌品没人品。米赞的牌技很厉害，能用一只手洗牌，会把牌在手里变来变去的。他脖子上的链子坠是个金骰子，家里供着关二爷。

米赞的父亲不赌，但是爷爷赌，据说原来家里过得很殷实，但赌技不佳，没几年就输得倾家荡产。米赞也是从小就和爷爷学会了耍牌，一直到他死在外面，口袋里还揣着一副牌和一颗骰子。

米赞的赌技在十里八村赫赫有名。虽说常赌无赢家，但是在娶上媳妇那几年，日子也还马马虎虎过得去。厄运是在那年春节降临的。米赞在肥堡连续赌了五天，赢了将近五万块，他就想着去县城买辆摩托车，再给老婆买条白金的项链，女人已经念叨一年了。

他和一起玩牌的看祠堂的米堂起早去了县城，商店都还没开门营业，两个人在一个早点摊吃着油条、豆腐脑，旁边有一扇门，闪着人形彩灯，人们进进出出的，米赞就问卖油条的那是什么地方。卖油条的告诉他那是游戏厅，里面能玩游戏机，还能和机器赌钱。

他和米堂都很好奇，犹豫了一会儿推门进去，那些光怪陆离的像柜子似的发出声响的机器让他俩都有点惶恐。一个染着黄头发的年轻人赶紧过来，教他俩怎么玩。米赞就装作很有见识的样子，玩了几把，觉得没什么意思，转悠了一会儿给媳妇买了条白金项链。

接下去的几天他在肥堡东头的马四家和马四的一个亲戚玩牌，不单把赢来的钱都输了，急红了眼的他还把向东家借的一万块也输了。

"房照也可以。"马四的亲戚嘴里叼着烟，歪头眯缝着眼睛说。房照在女人手里，他衡量了一下，下不了决心。出门时赵二偷偷对他说："上次你玩牌赢了马四两万块，把马四给得罪了，这次他专门找了个老手来做你，你带来多少就要下你多少，不扒干净你是不会放你走的。我给你使了那么多眼色你都看不见。"

他将媳妇的白金项链偷出来换了点钱，结果又输了。女人和他吵了两天两宿，带着女儿回娘家去了，临走扔下一句话，如果不把钱弄回来她们就不回来了。结果米赞还真争气，没用几天就把房子输了。女人倒是回来了，也不吵也不闹，不知道怎么的，竟把他的金骰子项链摘走了。等他追到她老家时，大舅子、小舅子都在等着他，不但揍了他一顿，还告诉他别等了，女人和别人走了。

女人跑了，米赞也离开了米堡，据说在各个堡子游荡、赌博，偷鸡摸狗，有一次盗挖电缆，没等卖掉就被发现了，拘留了十五天，险些被判刑。堡子里的人说起米赞都当成笑料，过几年也就把他忘了。

米赞是五年前回到米堡的。当时瘦成皮包骨，脸色蜡黄，"空空空"咳嗽得厉害，像个吊死鬼，小孩子吓得晚上不敢出门。他赖在父亲家。虽然父亲在他把房子输掉那年得了轻度的半身不遂，手抖得厉害，平日里恨他恨得牙痒，但看到儿子落魄的样子也心疼不已。

米赞的身体越来越差，也不去医院，铁了心要死在父母家。

过了不到一个月，几乎连床都起不来了，咳的痰里带着血。当长老会决定让米赞进入祠堂的时候，米赞用一种很奇怪的眼神看着递到他手里的黄锦带，什么也没说。当天夜里，米赞就失踪了。老头儿拄着拐棍和米度他们找遍了堡子四周方圆几里的地方，也没发现他的踪影。过了几天，有人说看见一个人拄着棍子向西走了，边走边咳，好像就是米赞。他的两个哥哥又向西追了十来里，鬼影也不见。

米赞跑了！这在米堡可是头一遭，还从来没人在黄锦带送到后逃跑。这种有辱祖宗的行为必须受到惩罚。米弗和几个长老商量了一个小时就通知米赞家：米赞不得进入祠堂，还要备下三牲六畜，做三场法事，否则以后米赞家任何人都不得进入祠堂。

米赞老爹的手抖得更厉害了。不管怎么样，米赞也不能不进祠堂。米赞的两个哥哥去准备祭品。米赞老爹躺在木榻上暗自垂泪。外面的鸭鹅叫了一阵，"该死的，早晚剁了你们！"

两个儿子中午就回来了，发现圈里的猪倒在地上，口吐白沫正在抽搐，鸭子和鹅东一只西一只地死在了院子里。堡子里的人都说这是祖宗显灵，惩罚了米赞家。

米赞最后还是死了。两周后，据说是死在很远的一个村子的果树林边，被发现时手里还攥着咬了一小口的青苹果，身上落了一堆苍蝇，几只野狗在撕扯他的尸体。

第五章 · **米度的家人**

　　米度的家人这几天都沉浸在悲伤中。两个儿子见面也只是对望一眼，连杰杰都感觉到了，有时候会拿着爷爷用篾片编的蚂蚱眼巴巴地问奶奶："爷爷去哪儿了，什么时候回来把蚂蚱的腿修好？"奶奶忍不住淌下泪来，安慰孙子说爷爷出远门了，过些日子就带着好吃好玩的东西回来了。

　　自从米度被送进去后，每次都是米加去祠堂送饭，在路上他总觉得心慌，生怕半路上碰到来通知的米朝。开始的几天他问米朝："老头儿吃得多吗？"米朝说第一天基本没怎么动过，之后每天都会剩一些。他回去告诉他们老头儿胃口还不错，吃了不少。吃多吃少都一样，这病早被大夫判了死刑，只是别太受折磨就好。现在谁也没有办法见到米度，只能任凭悲伤一天天堆积成丘，等待黑锦带送到的一天，大家才会把一直悬着的不安的心放下，一切才会恢复正常。

　　"你觉得爹还能挺几天？"米加的女人把灯关了，过了几分钟，小声问道。米加长长地叹了口气。外面的蛙声突然停下来，他眨巴着眼睛望着窗外黑黝黝的夜色，不知道该怎么回答女人的问题。他伸手摸了摸，烟口袋放在电视机边上了。

"摸啥？"女人问。

"烟。"

"刚掐还抽。"女人嘟囔了一句，把身子转向他，"爹进去几天了？"

"五天了吧。"

"我不是咒他，毕竟不是家里，多待一天多受一天罪。"

米加听媳妇这么说，又叹了口气。"以后我要是要死了，你可别把我送进去那么早。"

"你能不能说点好话，总是死啊活啊的。"

"唉！"他又叹了口气。媳妇说得对，但是这个节骨眼上，一家人都被即将到来的死亡缠住了，谁能真不在乎呢！

"我说，你说老头儿是不是攒了不少钱？"

"地里的收成都摆那儿呢，也就攒几个养老钱，咋了？"

"你说老头儿这一走，老太太一个人怎么过？要不等办完事儿了你探探老太太口风，看她想和哪家一块儿过？"

"爹还没走呢，你就这么说！我说你这到底是真孝心还是惦记老太太那点钱儿呢？"

"我还不是替老太太担心？好心当成驴肝肺。"女人小声辩解了两句，翻过身去。米加望着外面米祠的方向，心里惦念着父亲。五天了，再过两天就一个礼拜了，还是早点……他被自己吓了一跳，闭上眼暗暗吸了口气，在心里请求父亲的宽恕。

米赞老娘前些天过来说可以出祭品，只要他们同意趁这个时候让米赞重新入祠就行。米赞老娘鼻涕一把眼泪一把地哀求着，又把米赞小时候那次生病险些死在县医院里的事重新翻腾出来，唠唠叨叨说了一上午。米度女人心肠软，眼见又是堂兄弟，要是男人知道了也不会拒绝。虽然米赞什么事儿都干，但他们兄弟之间的感情还是很好，接回米赞的尸体，火化，入土，都是米度一手操办的。

"能咋样？人都死了，好歹也是兄弟一场。"米度那些日子总是长吁短叹的，一边喝着米酒骂米赞糟蹋自己，一边说起小时候和米赞淘气的那些事，有一次他俩险些找个梯子翻墙钻到祠堂里，也许祖宗早看见了，这是对他的惩罚。

"奶奶，爷爷还有几天能回来？"杰杰在被窝里躺了一会儿，突然又问。

"快了，再等些天就该回来了。"奶奶心疼地摸了摸他的小耳朵，想到杰杰到时候再见到爷爷的情景，心里一阵发酸。

"我想吃巧克力了，爷爷不是说去买了吗？是不是忘了？"

"乖孙子，明天奶奶去给你买。"

"我要巧克力豆，上回米普叔叔给我拿的块儿太大了。"

"行。"

"奶奶，我告诉你个事儿，我刚才梦到爷爷了。"杰杰趴到奶奶耳朵边小声说。

"你刚才睡着了吗？我看你一直睁着眼呢。"

"睡着了，反正我梦到爷爷了。"

"行。梦到了。"

"你梦到爷爷了吗？"

"你说奶奶啊，梦到了，梦到了。"

鸡鸣四更，米度的女人醒来后，下意识地想去推一下身边的男人，恍然想起米度还在祠堂，突然心慌得厉害，坐起身靠在墙角发了会儿呆。孙子歪着小脑袋趴着，正睡得香甜。

外面静悄悄的，仿佛能听见夜神的微息。男人在里面到底怎么样了？受了很多苦吗？什么时候才能解脱？她心里杂七杂八地想着，再也难以入睡。院墙东边猪圈里的猪哼哼了两声，她听得很是真切。在黑暗中，她找到外衫裤子穿上，把孙子身上的单子往上拉了拉，捋了捋头发，悄手悄脚推开门来到院子里，狗在栅栏边的窝里低声猺猺了两声。

正是月尾，一弯细月斜挂树梢，繁星漫天，显得深邃辽远，家家户户都陷在黑暗中。她深一脚浅一脚地向祠堂走着，越是近了越是忐忑不安，仿佛祖先被自己惊醒了，经过米征家时都想转身回去了。

祠堂高耸的外墙黑魆魆地向上升，远些看如同一个仰卧的巨灵，守护着小小的米堡。古柏高大遒劲，树影模模糊糊的，上面依稀落着成排的乌鸦。她越发觉得心慌，觉得身后有什么声音，回过头去，只有漆黑一片。护祠人的房子那边也黑着，她不敢到正门那边，怕惊醒了那只大黄狗。既不能喊也不能叫，她不知该怎么办才好，就在祠堂侧面跪下来。墙上的圆孔是灰白色的，像不寐的巨目。她手指交叉互握抵在额头，俯身拜了三拜，心里默念："求祖宗保佑米度早得圆满！保佑我家子孙万代！"

默默念叨了一会儿，她渐渐平复下来，高墙内外，死生两隔，自己家的男人现在是不是已经睡着了？还是在向祖先祈祷？他知道自己的女人此刻就在外面吗？这么多年来，因为有男人掌舵，她从不担心日子怎么过。男人对她来说就是一切，这样的日子本来应该能够无穷无尽，直到自己先走。就是在米度身体日渐衰弱的日子里，她也从未想到过男人会死。当黄锦带送过来的时候，她才明白，自己的男人已经被判了死刑，再无生还的可能。

谁不会死呢？她在心底隐隐希望自己死在男人前头，这样就不用独自面对未知的生活了。可是事与愿违，男人已经被送进去几天了，到现在还没有被祖先接纳，难不成是他舍不得离开？还是他背着自己做过什么祖先不能饶恕的事，让他至今仍在祠堂里受罪？到底是怎么回事呢？她知道不应该怀疑自己的男人，他是个难得的好人，没做过什么出格的事，也从来没有害过哪个。这她可是敢向祖先保证的。可是……万一男人……祖先是不会错的。难道只是为了多给他些考验吗？

他在里面是不是很孤单，就一个人，每天面壁思过，本来就弱极了的身子骨怎么能再坚持这么久？他是不是已经……死了？是看祠的这几天只顾着喝酒，忘了去看看他吗？那天在堡子北口的田间遇到米征，他也说日子挺长的。虽然也有在里面待了更久的，但是男人进去的时候已经病入膏肓，吃不下、咽不下的，这许多天他是怎么熬过来的？族里怎么没传下家人能一起陪伴的规矩，死生两便，多好。

在那边是不是原来的家人仍旧是一家人，祖祖孙孙住在一起，那可真是一大家子！少说也有几百口人。没有灾荒，没有争吵，也没有算计，每天都热热闹闹地过日子。要是那样该有多好！人死了就不是件吓人的事了，说不定大伙儿都巴不得早点过去呢。

"生死就像睡觉一样，这边睡了，就在那边醒了。"这是米度临走前曾对她说的，她自己参透不了生死的玄机，男人的说法总不能令她信服。她越是疑心，越觉得惶惑，祖先一定在冷冷地看着这般胡思乱想的自己，早晚会给她一个警示。不知谁家的牛突然哞地长叫了一声，在夜里好像一声沉闷的叹息。

她胡乱地想着，一会儿心乱如麻，一会儿又如释重负。四周仍旧如墨般漆黑，向远处默默伸展着，天空那些眨着眼的繁星就像是魂灵的路引，她仿佛看到自己的男人在不远处的黑暗中一个人低着头迎风奋力向远处走着。

这几天米度睡得都太晚了，又总是会惊醒。昨晚终于睡了一个长觉，醒过来时，小盆里的饭早凉了，两只苍蝇歇在碗沿上。看样子有九十点钟了。他觉得有些饿，米粥里有半个咸蛋。他吃了半个馒头。咸蛋腌过了，有些发臭，女人就是什么都舍不得吃，好东西最后都糟蹋了。米度每天和祖宗交流的时间并不长，他还没从死亡的邀请中回过神来，这让他隐隐觉得心有不安。吃完饭，他坐在蒲团上，该和祖宗们说点什么呢？他觉得自己做的事祖宗们都会看见。但看见归看见，说不说则是自己的事，这是祖宗的考验。

他唯一的遗憾就是没有坚持到民办教师转正潮的到来，不然凭自己的能力，怎么也比米彭强很多。现在米彭每天背着手像城里人一样优哉游哉，吃香的喝辣的，滋润得很。当初为什么鬼迷心窍似的非要辞职呢？每月三百来块虽然很少，但是也不耽搁庄稼活。他觉得自己还是目光短浅，一听人家说要清理民办和代课教师就觉得与其让人家给撵走了，还不如主动走有面子，免得让人笑话。

等到听说民办教师可能会考转的时候，他去找校长。米春校长骂道："拉磨的时候你跑了，吃草的时候又想回来。哪有那么好的事！"他也只好怪自己命不好，太听信女人的唠叨，在她们眼里，纯粹的农民才光荣，可自从比自己教龄还短了两年的米彭转正了，女人的肠子就悔青了。他一想起米彭那个自觉高人一头的得意劲儿，有啥法子呢！看来自己命里就不该有这份财。祖宗怎么会额外照顾米彭那样的小人呢？为人小肚鸡肠的，水平还不如自己一半，真是搞不明白。

他已经从开始几天心慌意乱、惴惴不安的情绪中逐渐摆脱出来，现在没事的时候除了跪祷，就是看那些柜子里的本子，有的写得规规整整，有的七扭八歪，错字连篇。他记事起第一个被送进来的人是米征的太爷爷，到现在他依稀还有些印象，老头儿长着雪白雪白的胡子，一只眼睛瞎了，个子挺高，抽白玉烟嘴的烟杆，话不多，但是说起什么来堡子里的人都很信服。他看着米征头缠白布条，也想跟着缠，被爹一把扯下来，还扇了一巴掌。

没想到看起来风平浪静的米堡隐藏着这么多秘密。他不禁赞叹祖宗这个巧妙的设计，把一切不为人知的事，好的孬的，善的恶的，都留在祠堂里，可惜的是只有像自己这样的将死之人才能看得到。他看着这些整齐的柜子，不知道那里面还有多少秘密呢？

晚上下起雨来，风从那些孔洞呼呼地钻进来。米度望着漆黑的雨夜，不知道大夫说自己到底还能活多久，既然被送进来了，看样子可能随时都会咽气。除了一点恐惧，他倒没觉得身体到了坚持不下去的境地。每天他大部分时间都躺在木榻上，拿起一摞本子中的一本，看看里面都有什么事是他不知道的。累了就睡，醒了就吃点从小窟窿送进来的饭菜，有时候在蒲团上和祖宗说说自己的所思所想，有时候也把一些事写下来，有时候只是坐在门槛上看着一条狭长的天，从门缝里看看空旷的院子里那些在地上啄食追逐的乌鸦，等着那些野鸽子什么时候再飞过来。除了没有农活，没有人说两句话，其他的倒是和家里也差不了多少。

让他最放不下的就是小孙子，一想起杰杰，他就觉得心里不好受。看不到孙子一天天长大，让他觉得老天不公，即使是整天躺在木榻上不死不活的，但是只要能看到杰杰活蹦乱跳的样子，他就觉得一切都值得了。

第六章 · 米陀

米 祠

　　老米陀是在午饭前去菜园子角上的茅房时，在地垄间突然摔倒的，屎尿弄了一裤子，窝在那里足足有十几分钟才被出来倒水的儿媳妇发现。儿子米元开着米维的车把他送到了镇医院。大夫简单看了看，说治不了。他们又把老米陀送到县医院抢救，拍片子、化验。老米陀一直处于昏迷状态，最后，大夫看着片子告诉米元，看起来像是脑瘤，得去省城大医院做开颅手术，不过要花一大笔钱，而且这个年龄能好转的可能性也很小。

　　老米陀今年六十二岁了，连出纳带会计做了三十多年，和数字打了一辈子交道，历经三任书记。他是堡里最胖的一个，比前几年米化家卖的那头全镇最肥的老母猪看着还胖一圈。米度他们私下说，米堡就是米弗和米陀两家的。

　　老米弗随后也赶到了县医院，看着米陀——这个几乎给自己打了半辈子下手的人——紧闭的双眼，不由想起自己来：也快七十的人了，早晚也要进祠堂。米元请米弗给拿个主意，继续住院还是送进祠堂？米弗又详细问了问大夫，"出血点好像有点多，看样子也就几天的事儿"。米弗就和米元几个人商量了一下，觉得还是别让老头这么大年纪再受罪了，就决定回去准备后事。

从医院回米堡的路上，米弗一言不发，拧着眉头望着车窗外快要收割的庄稼，看起来心事重重。这可是件棘手的事，自己做了这么多年书记还没遇到过这样的事，也没听人说起过这样的事。老米陀一直昏迷着，总不能让他死在医院吧，可是米度还在祠堂里呢，米朝说看样子三五天好像也死不了。他突然发现自己优柔寡断起来，年轻时可是无论遇到什么难事都能当机立断，是不是自己真的老了，越来越不中用了？这种事情不比其他，他决定还是先找几位长老商量商量。

米弗一回到家就让米维去请几位长老到家里来，过了半个多小时人才到齐。他开门见山就把事情摆出来，几位长老一时间面面相觑，随后便争论起来。

"堡里还从来没有过两个人同时被送进祠堂的事哩。"

"反正都是要死的人了，又不会出来。"

"不行。没这个规矩。"

"那咋办？"

"咋办？"

"要么再拖几天，也许米度就死了。"

"米度要是一时半会儿死不了，再拖米陀恐怕就要死了。我问过大夫，挺不过三天五天的了。"

"米陀不是一直都昏着吗？"

"偶尔会醒一会儿。"

"认人吗？"

"一阵清醒一阵糊涂的。"

"要么就再拖两天看看。"

"真要拖死了，也对不住米陀啊！"

"那你说咋弄？"

几位长老看着米弗，不知道他到底是啥心思，不过顾念米陀给他做了这么多年会计，看样子米弗也不会忍心让米陀死在外面，那样的话就算祖宗规矩再大，堡里人恐怕也会说米弗性情凉薄，无情无义。

米弗确实是这个想法，他只是想让大伙儿把话说出来，他做个顺水人情。他把抽完的烟锅在椅子脚上磕了几下，又装上一袋烟，点着，慢悠悠道："既然祖宗没有说不能两个人一起进祠堂，那就通知米元，今天把黄锦带送过去，后天就把米陀送进祠堂。米陀做了这么多年会计，对米堡没有功劳也有苦劳，怎么也要给米陀一个全身的机会。祖宗从来都是保佑米堡，咱们都是祖宗的子孙，没道理让米陀死在外面，就算祖宗怪罪下来，由我一个人来担着。"

　　米弗本来还想和米维、米元商量一下选举的事，把堡里的账弄得好看些，偏偏听说二孙女处了个对象，是邻堡关老三的儿子。这说什么都不行，关老三家是有名的穷家，那孩子他倒是见过，还不错，可那也不行，无论如何都不行，怎么也要找个门当户对的。镇里民政助理老吴的儿子今年中专毕业，米维也觉得挺合适的。

　　"都说米义要参加竞选，不知道哪根筋搭错了。"米维上午刚到办公室就听说了，赶紧回来告诉老头儿。

　　"米义？他选？你听谁说的？"

　　"堡子里的人都说了，是米义昨晚在大柳树下亲口说的。"

　　"他选倒好了。"

　　"我怕是不是米普他们在后面捣鬼？"

　　"谁捣鬼都不怕，你自己别先乱了阵脚。上次米普选不上，这次就算他再选，也一样选不上。"

　　"知道。就是和你说说。"

　　"这日子口你也别太张扬了，谁要是有事求你尽量给办。"米弗道。

　　"知道。"

"还有账目的事，下午你把米元找来商量商量。这次账目一定要公开，你可别大意了。"

"知道。"

"米度还在里面？"

"我昨天问米朝了，说看着精神头还行。"

"要死的人了，别生事。"

"知道。他在里面还能出啥事儿。"

"我是说米度家，米义他们。"

"知道。"

米弗看着米维出去，"什么时候才能让我放心……"他把烟杆放下，才想起来忘了和他说二孙女的事了。

米度觉得自己还在堡里，还和大家在一起，就像平日里一样，坐在米化家园子边那株大柳树下的石凳上，一起烧烟，一起闲话。他看了看天色，平时这个时候已经吃完晚饭了，他总会把烟装好，披着外衫，趿拉着那双深蓝色的橡胶拖鞋，走到院门时朝家里的狗奇客喷喷叫了两声，奇客摇着大尾巴讨好似的猎猎两声，然后他点着烟，边抽边溜达到街上。米春一定已经在街上了，他总是吃得早些，叼着卷烟背着手。他们就一起闲聊起来，说说田里的事，再聊几句孩子们的事。一会儿树下的人就多起来，大人、孩子都聚拢来，边说边笑。孩子们听一会儿就腻歪了，在一旁叽叽喳喳地疯闹起来。儿媳妇和几个女人也站在一边说着闲话。

他看了一眼外面，这里虽然宽敞，但还是感到憋闷。这个大房子令他与世隔绝，堡里的一切，除了祠堂和归宗台上架好的木柴，都和他渐行渐远。人们可能已经开始遗忘他了，最多在吃饭的时候问一句："米度还没死吗？"

八天了，米度自己记着，每天在一个空白本子的首页写下日期。天气还没有那么热，他把手巾弄湿，把身上擦了一遍，又冲洗了一遍头发，换了身衣服，觉得身体轻松了一些，病情似乎也没有恶化，胃口反倒越来越好。家里人还以为他已经快不行了，门外一有点响动就都不安起来，心想是不是送锦带的来了。

他坐在门槛上吃早饭，一群野鸽子呼哨着在头顶掠过，过一会儿又返回来，树上的乌鸦跟着嘎嘎地叫起来。他又想起菜园边上的葵花来，眼见就要熟了，不知道系上塑料条没有？不然这些尖嘴的东西会给啄去不少。

天有些阴了。米度吃完早饭在蒲团上祈祷了一会儿，在小院子里捉到一只蚂蚱逗了一会儿，觉得有些累，就躺在榻上迷迷糊糊睡着了。恍惚间听见一阵动静，他睁开眼，侧耳听了听，是脚步声。他起身坐起来，喘了两口粗气，走到小院子那里从门缝往外看，一些人戴着面具进来，一排排站好。"嗯？要接我出去吗？"米度很奇怪，但也觉得这种想法有些荒唐，还从未有活人从米祠出去过。又不是祭祀的时节，莫非又有人要进来？

仪式照例举行了一遍，他愈发疑惑起来，到底是哪个要被送进来？老米金？还是比老米金还大两岁的他的女人？

安魂架上的人被抬进来放到木榻边时，旁边先进来陪着米度的两个人才转身跟着出去了。架子上的人一动不动，看起来很是肥胖，莫非是老米陀？米度迟疑地站在那里望着架子上的人，等着架子上的人自己扯开脸上的遮盖。过了一小会儿，院子里的人已经都散去了，架子上的人还是一动不动。他这才慢慢走过去，"我说！……"他停在侧面，试探道。仍旧没有回应，莫非已经不行了？米度伸手揭开他头上的单子，露出一张又圆又大的脸，果然是米陀。安魂架没有撤走，看样子老米陀活不了两天了。老米陀肥大的身躯像一小堆盖着单子的肥料，他脸色蜡黄，睡着了一样，从被抬进来到现在都一动不动，只有腹部微微起伏着。

"米陀大哥。"他推了推米陀的胳膊，没有反应。米度从未想过在祠堂里会有个伴儿。他只想哪只乌鸦或者鸽子落在墙头陪陪自己，没想过米陀被送了进来，看样子病得很重。不管怎么样，好歹算是有个伴儿了。

"米陀，米陀大哥。"他又推了推他的胳膊，还是没有反应。

米陀一直就那么带着微弱的呼吸一动不动地躺着，看起来就像具肿胀的尸体。

在米度眼里，老米陀是米堡最好猾的人，否则也不会侍候三任书记。不管他如何表现得从不介入任何争端，对米度家也没有刁难过，米度仍觉得这恰恰表明他是只老狐狸。那些说米陀人不坏的，不是得了他的好处，就是脑子坏了，分不清好歹。米陀家的房子是堡里仅次于米弗家的，地也比别人家多，可惜了米陀，精明了一辈子，还不到七十岁就稀里糊涂被送进了祠堂。

傍晚的时候，米陀仍旧昏睡着。米度听到两声牛叫，应该是米发赶着他家那头宝贝老牛从祠堂前经过，不过却没听见鞭子的响声。他竖起耳朵，四周又悄无声息。堡里现在有牛的只剩五六家。他数了数，连牛犊都算上也就八头。米度家的是头大牤牛，黑多黄少，被他养得膘肥体壮，抵得上旁人家两头牛的力气，独拉一车粮食还能上去西头的土坡，那里八马力的手扶拖拉机都要突突地憋着黑烟才行。

"趁这两年牛肉行市好，卖了换台拖拉机吧。"大儿子总是提起这个茬口。

"怎么？"他不高兴地问。

"省事又省心，劲儿还大。"

"八马力还不如它有劲儿哩！"

"那就买个十二马力的，也多添不了多少钱。"

他还是执拗地当即否决了："我活着你们就甭动这个念头了。"现在呢？他还活着，只是离他们动那个念头的日子越来越近了，可能儿子已经盘算好了，只等他走了就把牛拉到镇上牛市卖了换台小拖拉机，再也不用每天早晨起来牧牛了。

年初的时候，他刚把牛棚上的草重铺了一遍，还从米德那儿用大米换了一塑料袋豆子，打算好好给它再补补膘，春耕时就不亏力了。多好的一头大牤子啊！宰了卖肉真是可惜，简直是造孽，要是能卖个好人家养起来该多好。他愿意为此向祖宗祈祷。可这年月有几个会费心巴力地养个活物呢？他不禁伤感起来，怎么就忘了叮嘱儿子一句了。

他想了想还有什么忘了交代的。也没什么放心不下的了，米加都能照应过来，这个家就得靠他们自己担着了。他又感觉到那种永远都不能在一起种地、收割的痛苦来。

米陀是在晚上醒来的。米度正跪在蒲团上，昏昏欲睡。老米陀突然发出的咳嗽声吓得他一哆嗦。

"米陀大哥。"他赶忙起身走过去。

"嗯？米度！"米陀皱着眉头看了看，终于认出他，扭头四下疑惑地张望着，脸上布满了绝望的神情，然后又皱着眉头闭上眼，沉重地呼吸着，又睁开。他挣扎着想起来，米度扶着米陀靠着木榻坐下，米陀已经出了一身汗，又不停地咳起来。

原来一个人的时候米度不怎么说话，现在两个人了，祠堂里一说话就瓮声瓮气的，有点听不清楚。米陀的咳嗽声更是震得他耳朵嗡嗡直响。

"咱们这是死了还是活着？"米陀神情萎靡道。

"祖宗还没收咱俩呢。"

米陀又转头四下看了看，紧闭的大门，高耸的屋顶，几个圆孔，一圈柜子，祖宗的牌位，还有米度。是了，自己真是被送进来了。他神色黯然地望着米度，看起来精气神还不错。

"我什么时候进来的？"他喘了几口气，问道。他只模糊记得自己在菜园子里歪歪斜斜地摔倒在地。

"今天上午。"

米陀又抬头望了望漏进来的夜色，问："现在几点了？"

"九十点钟吧。你这一觉睡得可是够长的。"

"嗯。"米陀眨着眼睛，像在算着自己睡了几个钟头，跟着又咳嗽了几声，肥胖的圆脸被憋得通红。米度赶紧给他捶了捶后背。

"还不如一觉睡过去省事。"米陀终于平复下来，舔了舔干巴的嘴唇，道。

"祖宗哪会让你这个大人物就这么走了。"

"唉！祖宗派我来给你做伴儿来了。"米陀喘息着，又咳了两声。

"你这是得的什么病？"米度问。

米陀想了想，才道："我就记得是去茅房，然后就到这里了。"

"这几年也没见你有什么大毛病啊！"

"谁知道，现在就是半边身子又酸又麻。反正是要死了。"

说到死亡，两个人都沉默下来。两个等死的人要说点什么呢？"说什么都是多余的。"米度想，又走到左侧的柜子那里。

米陀靠着又喘了一会儿才平静下来。摔倒的时候他还清醒着，就是动不了，心里憋得像被打足了气。他以为自己闯不过这一关了，现在醒了，半边身子还是酸麻不已，头里面热乎乎的，疼得厉害。他看了看周围，那大半圈柜子，还有祖宗的牌位，一个墙角是个铁皮桶，一个墙角是个木桶。从祠堂里面仰头向上看，屋顶比在外面看起来更高。他发现上面一个圆洞上有块黑色影子，好像是个鸟窝。他忽然头晕眼花，闭上眼又用力喘了几口气。

终于还是送进来了，他们并没有等他清醒过来问问他的意见。米元怎么会应承下来？难道自己被送进来前已经快死了？等他这些慌乱愤懑的思绪缓和下来，看着在柜子里翻找着的米度，虽然自己还没活够，可比自己小几岁的米度也在这儿，多少让他觉得心安了一点。

"米度，有水吗？"他看着米度的背影，用微弱的声音道。米度回身把手里的本子放在木榻边，从铁皮桶里盛了半碗水递给他。

"你在这几天了？"米陀喝了一半，觉得心里凉快了一些。

"一个多星期了。"

"我看你身体还行啊。"

"哼！回光返照。"

"我怕是坚持不了两天了。我能听见祖宗在叫我了。"

"我倒是想早点儿去见祖宗。"

"你拿的是啥？"米陀问道。

"都是以前咱堡子的人留下的。"

"都有啥？"

"说啥的都有。米其说米赞家的猪是米弗让他儿子下药毒死的。"米度把本子递给他，又到柜子边拿了一本。

"胡扯。"米陀停下来，满脸疑惑地看着米度。

"咋？你不信？"

这事，也就只有米弗能干出来。以自己对米弗的了解，这可不是什么荒唐事，他显得这么惊讶只是为了让米度觉得自己和米弗其实远没有那么亲近。

"米其还说你分地的时候把机动地多给自己留了一亩多，就在祠堂后面的斜坡那儿。"

"都是黄土地，也没人要，再说米弗就是说反正留在堡子里也没人种，让我先种着，那黄土地连种子、化肥钱都出不来。你要是稀罕来年给你种种。"米陀说一句就要喘两口气，连眼睛都有点睁不开。

米度瞟了他一眼，从心里瞧不起这种占便宜还不敢认账的。"修高速占地的事，我看你们也没少捞吧？"

"米度，捉奸要在床，人家穿上衣服了，你凭什么说人家睡了？咱俩都要去见祖宗了，说话要讲证据，别信口胡诌，祖宗怪罪我可担不——起。"米陀勉强说完最后几个字，又开始咳得上气不接下气。

米度看着老米陀急切辩白的样子，觉得是被自己说中了心事。无风不起浪，就算我们没亲眼看到，谁也不是呆子，这年头，谁会放着香饽饽不拿？要说米普，我信，你和米弗，抓个蛤蟆都要攥出水来。

"米其不是米弗的堂弟吗？怎么这里尽说米弗的孬事儿，还说什么米弗刚当书记那会儿带着你去外省参观学习那些事儿。"他等米陀好点了，又道。

"这米其可真不是个好货，就因为米弗没把东头的那块空场批给他盖房子。米弗就当他是个屁，我们去就是参观学习来着，他懂个屁！不参观学习，能让米高把加工厂弄起来？咳咳咳！这个吃里爬外、忘恩负义的东西，进了祠堂，祖宗也不会饶了他！”

“各人自有各人的命。”米度对他的辩解不以为然。后来不知道谁写了匿名信告到县里，说他们打着参观学习的名头总拿着堡子里的钱到处游山玩水。那个加工厂也就开了不到一整年米高就不干了，现在有个铁架子还在堡子边上锈着呢。

两个人歇了一会儿，又各怀心事地说了会儿闲话。看样子已经夜深了，米陀脑袋又昏沉起来，合上眼喘着粗气。米度在蒲团上又跪了一会儿，看着老米陀发出浑浊的呼噜声，脖子上的肉跟着不住抖动，任你年轻时叱咤风云，到头来也要睡在祠堂里。人啊！

米陀迷迷糊糊地睡了不知多久又醒过来。米度在榻上发出匀细的呼吸，屋顶的灯光照得空荡荡的大房子像要塌下来一样。米陀觉得脑袋一阵一阵得像有几根针在刺着。祠堂！这就是祠堂，自己见证了多少人的生生死死，此刻正躺在它里面和时间抗争。

他想起米度说的那些不中听的话，头刺得更疼。对于米弗，他太了解了，自己一直小心翼翼做事，想想以前那些时候，谁知道以后会不会再闹回来。他佩服自己的精明和隐忍，要站在暗处，任你是多大的人物到头来都是墙倒众人推，再说，自己也不是喜欢出头的人，隐在米弗高大的身影里，该得的得，该有的有，何乐而不为。他只是有些担心自己的儿子米元，虽说前些天米弗应承了让儿子接自己的班做会计，那是因为自己在，这么多年米弗到底往自己怀里装了多少东西他一清二楚。可现在自己这么快稀里糊涂地就被米弗送进祠堂，他总是觉得不踏实。儿子米元性格像自己，虽然挺精明，但是没有自己想得那么远，他还没来得及好好教教儿子就进来了。唉！但愿米弗念及两个人之间这么多年的情谊，不至于卸磨杀驴。

三十来年了，米陀不禁想起自己的那些手段来。最开始米弗被任命为书记的时候，对他并不是太亲近，后来因为一起去南方考察，他彻底扭转了米弗的顾虑。当时州里正在推广火化，米堡这个古老的传统却成了被推崇的典范，不但受到了隆重表彰，得了火化先进村的荣誉，还得了一笔奖金。米弗和米陀两个人就是拿着这笔意外之财借学习考察的名义去了趟南方。

他俩特意在县城做了两身新西服，像第一次出远门的孩子一样，极力压抑着兴奋。那一次他们去了上海和江苏的几个地方，大部分的时间都在景区转悠，返程前去了一个全国闻名的村子，真是大开眼界。

"书记，咱要学些啥东西？"在返回市里的车上，米陀问。

"哪有那么容易，咱堡子里要啥没啥，莫说学，就是给钱让你照猫画虎都画不出来。"就冲这话，米陀知道米弗不是那种头脑发热的人，精明得很。两个人在一家海鲜馆美美地吃了一顿，花了四百多。

"书记，明天就要回去了，耍耍去？"米陀红着两只眼睛，打着酒嗝笑嘻嘻地说。

"有甚好耍的？"米弗剔着后牙，看着他。

"出来一趟，你不想去那里看看？"米陀用下巴指了指街对面的思思按摩院。

米弗没有说话，刚才从那里经过时，里面沙发上坐着三个穿着超短裙、露着半个胸脯的年轻女人，可是好看。

"书记，放心，你知道我嘴严。"

"耍耍怕什么，你又不是没耍过。"米弗瞪了他一眼。

他们进去时，只有两个女人坐在沙发上。"按摩？还是玩点别的？"其中那个穿粉色衣服的问道。

"有啥别的？"米陀问。

"想玩什么都有啊。"后来老米陀知道自己和书记都被人家敲了竹杠。他俩带的钱花得差不多了，不然真可以每人领回去一个，好好耍一宿，就不用两个人排队等着仅有的一个女人了。他觉得那个老板娘打骨子里看不起他俩，所以才推脱说别的姑娘都出去陪客人了，只剩旁边那个长得挺一般的。他觉得那个姑娘没有米妮长得耐看，也没有米妮的那股子风骚劲儿，就是在应付他们，还有点不耐烦，嫌他问得太多了，不过她身上的香味可真好闻。

"你是本地人吗？"他坐着无聊，没话找话问老板娘。

"不是。你们是哪里的？听口音不是南方的。"

"我们是北方的，比你们南方可差多了。"

"有钱赚哪里都一样。"老板娘照着镜子用镊子拔着本已稀疏的眉毛。米弗在里面的时间有点长，他看着门外来来往往的人，有些害怕。

"现在不种地吗？"老板娘问。

"我们不是农村的，在市里上班。"原来人家早就看出来他俩是农村的，他含混地应着。米弗怎么还不出来，不会是睡里面了吧？他从洗手间回来的时候，米弗已经出来了，装作若无其事的样子看着他："钱我给了，你耍吧，我先回去。"

"回哪儿？"他小声问。

"我在外面等你，抽根烟。"米弗说完叼着烟就出去了。米陀进去时，那个姑娘还在被子里，靠着床头摆弄着一个小盒子。他站在那儿看了看，床头的塑料垃圾篓里有几团白纸。这次米陀很是尽兴，那姑娘脸上有一小块胎记，化了妆也没完全遮住，身上的肉却很软很滑，还叫他"老板"。

他们回来的时候坐的是飞机。这一趟真是没白出来。他觉得南方的女人就是比北方的粉嫩，说起话来也夹糖带蜜的，真好听。那会儿自己还不到三十岁，唉！他看着刺眼的灯光中自己不停轻微抖动的右手，长长叹了口气。

早晨，米度还迷迷糊糊地睡着，就被堡子里的大喇叭吵醒了，看样子也就六点多钟，堡子里的人已经吃过早饭了，早起的都应该下地干活了。他突然想起米陀，赶紧翻过身。米陀仰面躺在架子上，一只胳膊横在胸口，一只胳膊斜着伸到架子外。

"是不是死了？"米度心里直犯嘀咕，揉了揉有点干涩的眼睛，仔细看了看，米陀的大肚子微微起伏着。外面喇叭里的小调终于停下来，有人咳嗽了两声："大伙儿注意了，大伙儿注意了，全体党员吃完饭后，八点到村委会开会，镇里传达关于公开选举的事。一定要准时。"连着播了三遍，他听出是米元那带点公鸭嗓的声音。

搞选举？米度觉得现在堡子里的人一代不如一代，米维就不用说了，压根儿就是个浪荡子。米弗，这个做了大半辈子书记的人，在他眼里是个官，是米堡的统治者，冷酷、狡诈，做事不留情分。他有点怀念米雄，米雄虽然无能，但是让整个米堡人都觉得踏实。想来一定是米弗耍了阴谋，才让米雄向镇里推举他做自己的继任者。没多久米弗就恩将仇报，撤了米雄二儿子的村主任职务，开始还让米栾做村主任，后来干脆自己兼着了，直到米维被推举上去。

那些记在本子里的事米度都相信。米弗就是这样一个人，心里装着的只有自己，谁都不知道他在想什么。上次搞推举的时候，大伙儿就觉得终于可以改天换地了，不过米弗可是个能翻江倒海的人，硬生生把米普给推下来了。过后米度偷偷问了很多人，大家都说推举的是米普。这年头，谁都只顾着自己嘴里的食儿，别人家的崽子掉河里都没人管。最好谁的话也别信。

在米度眼里，米普才是米堡里最有见识的人，十七八岁就到省城打工，贷款买了卡车搞运输，现在这堡子里的日子就数米普过得最好。当初要是依着自己的意，把闺女嫁给米普该多好，自己和米征本来就最投脾气，这两家孩子再结了亲！唉！都是自己闺女瞎了眼，非看中那个要啥没啥的中学穷教员，这人的命是老天早就安排好的，谁也强求不得。

"米陀，米陀大哥。"过了一会儿，饭送来了，他推了推还在睡着的米陀。米陀哼哼着睁开眼。

"吃饭了。"他把装在四个铝盒里的饭菜摆在木榻边上，扶着米陀坐起来，拿过筷子夹了一块腌肉。米陀呆呆地望着米粥和馒头，又喘起来。

"米陀大哥，多少也得吃两口。"米度劝道。这两天又热起

来，太阳一升起来身上就开始汗津津的。"刚才大喇叭说选举的
事儿了，好像是你家米元说的，这回真要大伙儿随便选？"

米陀抬起无精打采的眼睛看了米度一眼，似乎在想着什么，
又喘了几口气，才用微弱的声音道："这回怕是动真格的了。"

"动真格的？鬼才信，这上到镇里下到堡里，上上下下都是
他米弗的关节，谁能拱得动他？"

"米弗当然没人能动得了，可是米维还是太嫩了点儿。"

"还不一样，儿子的事儿老子能袖手旁观？"

"那你选米维？"说了几句选举的事，米陀好像才算有了点
精神。

"我选米维？除非太阳从西边出来。他老子在米堡作威作福
几十年了，也该换换主儿了。"

"你到底觉得谁行？谁能把米维选下来？"

"我觉得你家米元就不错。"

"他不是干书记的料。"老米陀虽然听着高兴，也知道这不
是米度的心里话，谁不知道他和米征家的关系，"你怕是要选米
普吧？"

"我是觉得米普要能当书记那是再好不过，但是要说把握还
是你家米元大。"

"我家米元干不来。我看你就是想让米维选不上吧，只要不

是米维，就算选米朝都行，我没说错吧？"

"现在咱俩都在祠堂，你说句心里话，你想让米维选上？"

老米陀轻轻哼了一声，没接茬。他自有他的主意，按说换谁当书记估计米元都会是会计的首选，他不愿意把水搅和得太浑，永远别做出头鸟，跟在最有能耐的人后面，小心行得万年船，这是他这一辈子的信条。

"唉，我是进来早了，要是换成我，第一条就是堡里的账目都要公开喽。米陀大哥，我可不是冲着你，我知道你只是会计，事儿都是米弗定。"

"公开不公开有啥区别？"

"米陀大哥，你这可是揣着明白装糊涂了，账目就是米弗的死穴，这么多年除了你和米弗，没人知道里面到底有多少弯弯绕儿。"

"咱堡子要啥没啥，就一个铁粉厂还早卖给县里了。"

"再咸的鱼也没有猫会规规矩矩守着，他米弗要是心里没鬼就他老子的都摊在土场上晒晒。我就不信他清清白白。"

"米度，你这个人啊，就是有时候太固执，想不开。"

"我看你是巴不得米维选上，你家米元好接你的班。"米度不屑道。

"米度，咳咳，你别说风凉话，咱俩现在都是在这儿等死的人了，谁选上和咱俩有啥关系？"一提到死，两个人一下子沉默下来，米陀仿佛用尽了力气，又开始呼哧呼哧喘起来。两只苍蝇落在碗沿上，慢慢往碗底爬着。

太阳终于下山了，闷热开始减弱一些。米度和米陀两个人醒醒睡睡，都好像耗尽了气力，到夜里时突然起了风，吹得他俩多少又有了点儿精神。

"你也写了吗？"米陀靠在榻边问。

"在这里除了吃就是睡，没等病死先憋死了。幸亏我还教过几年书，认识几个字。"

"你没编排我吧？"

"米陀大哥，你知道我这个人一向是有一说一，有二说二，编排人的事儿那可不是我米度干的。再说了，在外面扯扯谎也就算了，在这里当着祖宗的面扯谎？我可怕祖宗怪罪下来再拐带到家里，这事儿咱可做不到。"

"米度，咱们都是一个堡子里的人，我和你过世的大哥那也是好交情，你这么说，咳咳，那不是话里有话？"

"米陀大哥，你想多了。自家有自家的规矩，有些事我做不来，有些事你做不来，别人是强求不得的。"

米陀没有吭声，像在咂摸他话里的滋味。屋外的乌鸦又参差不齐地叫了几声。

"你当了这么多年会计，在堡子里也是有头有脸的，知道的也多，又明事理，有什么话就写下来吧，像祖宗一样，免得带进坟里。"过了会儿，米度指了指柜子和木榻边的几个本子。

米陀略显诧异地望了望米度，眨了眨肿胀的眼睛，喘息了一会儿才抖了抖右手，却停不下来，"写不了了，连笔都拿不稳。"

"米陀大哥，说句老实话，米弗是堡子里的第一号人物，你可算是第二号了，你和米弗一起干了几十年，这也算是祖宗的恩德，咱们堡里人都相信祖宗，咱们死了也会见到祖宗，到时候如果祖宗问你，'米陀啊，你都和米弗干什么了'，到时咋说？"

"该咋说咋说。"

"对啊，和祖宗说的一定不是假话，那写在本子里的这些也一定是真的。这不是一个理儿嘛！"

"话是这么说，可你看我这手，别说写字儿了，就是筷子都拿不稳。"

"要是只有你自己，怕是就想写了。"

"米度老弟，我这个人啊，就是不愿意多言多语的，谁有个难事儿，我能帮的一定帮，这你是知道的。分地时，你那条边垄，还是我帮你从米弗那里要来的哩！"

这话倒是实情，米度站起来给他倒了点水。米陀端着水碗停了有半分钟，才想起喝了一口，放下水碗，又停了会儿，才道：

"米度，这些天你都是怎么过的？"

"吃饭，睡觉，看看这些本子，和祖宗说说话。"

"你这倒是和在城里上班，坐办公室的差不多，享福来了。"米陀说着，两个人都不由得咧了咧嘴。

"就这么几天了，想那么多烦心事做啥！"

"嗯，也是。"

"不怕你笑话，刚进来时总是心里慌，现在越想这心里反而越踏实了。人人心里都有一杆秤，老祖宗就看着呢，谁到底几斤几两那是逃不掉的。"

"咋？你好像觉得我做了不少亏心事儿？咱俩都是要死的人了，有啥话就说在明处。"

"米陀大哥，这不是在这里没事儿做，唠点闲话好打发时间嘛。"

"我是不成了，熬不了几天了。"

"米陀大哥，你怕死吗？"

"你不怕？"

"开始的时候还真有点儿，过了这一礼拜多也就看开了，再说我还比你小着几岁哩。"

米度并没有睡得很踏实。他一直在想着米陀，看样子这个老滑头熬不了几天了。都说"人之将死，其言也善"，米陀好像存心要把米堡的秘密带到坟墓里。他就不怕祖宗怪罪吗？

他听着米陀气管里嘶嘶呀呀的呼吸声，觉得他一定也没有睡。现在米度已经度过了恐慌期，每天都能心平气和地向祖宗诉说。米陀正陷入本能的恐惧中，这一夜是别想睡安稳了。

第二天，天刚蒙蒙亮，米度就被米陀剧烈的咳嗽声吵醒了。"还活着。"他觉得头还很沉，倦意阵阵。

"米度。"米陀咳嗽完，看着米度。

"你不再睡一会儿了？"米度侧过身问道。

"不睡了。睡的日子长着呢！"米陀想了想，终于问道："只要把做过的事告诉祖先，就真的会被宽恕吗？"

"祖宗不是说过，'怀疑就是罪孽'，你要是不信，还进来干什么？"

米陀又咳嗽起来。

"不把自己的罪过留在这个世界上，难道还要带到另一个世界让自己不得安生？"米度坐起来，米陀对祖宗规矩的质疑令他有些不解。

米陀突然撑着坐起来，慢慢靠着木榻跪下，停在那儿把气喘匀了，眼睛呆呆地望着祖宗的牌位。米度看着老米陀佝偻着身体喘息着，突然觉得挺可怜的，就说："你要是有话就对祖宗说吧！"

米陀跪了一会儿小腿就疼得受不了，侧身坐下来，累得心里发慌。他和钱打了一辈子的交道，二十多岁的时候在大队做了几年出纳，后来老会计被批斗得上吊了，他就做了会计，经历了几个队长、书记，是米堡真正的保险柜，肚子里装满了能做不能说的事。要是没有米度，他也会把一辈子憋在心里的话好好向祖宗说一说。现在米度就在旁边，看起来还会死在自己身后，这些话怎么说出口呢？他的手也抖得厉害，即使写出来，米度也会看得到。外面的乌鸦突然又聒噪起来，像是不耐烦他俩一直住在这里不走似的。

"自己可千万别落得米赞一样的下场，被祖宗抛弃！"

第七章·婚礼

米　祠

太阳刚升起来，一阵噼里啪啦的鞭炮声就在堡子里炸开了，间或是几声沉闷的巨响，震得人心里直发颤。

堡里人围在米妮家的院子里，男人和女人自动分成两堆儿，男人抽着烟叉着腿，女人嘀嘀咕咕说着米奇新媳妇的事。

米度的大儿子米加也站在人群后面，这样喜庆的场景让他们一家人都很难受，老太太昨天晚上有些发烧，还躺在榻上，萎靡不振。他就一个人来随份礼金，也不打算吃席。

"米加。"

"米普。你也来了。昨天米征叔说你到县里送货去了？"米加转过身见拉他胳膊的是米普，忙掏出烟。米普赶紧从裤袋里摸出自己的烟给他点上，两个人边说边走到院外的大柳树下。

"婶子还好吧？"米普烟抽得最凶，使劲吸上一大口只吐出来一小缕。

"吃不下东西，昨晚还有点感冒了。"米加皱着眉道。因为父亲和米征叔的关系，两家人心里都觉得异常亲近。

"呦，一会儿我过去看看。米度叔咋样了？"

米加摇了摇头，道："还不知道，生死有命，祖宗会保佑的。"

"中午咱俩喝两盅。"

"行。米普，你没听大喇叭说选举吗？咋合计的？"

"我还没想好。老头儿说有了上次的教训，不想让我再掺和。"

"米普，这堡子里数得上的也就那么一两个人，我们都觉得只有你去选才有可能把米维选下来。你选吧，我们都选你！"

"米加，这事儿可不是说着玩儿的，米弗、米维那爷俩可不好对付，谁知道又出什么鬼主意。"米普心事重重地抽了一口烟，还没吐出来就咳了起来，烟从嘴和鼻子里一股股喷出。

"听说这次县里和省里都来人看着，量他米弗也不敢耍什么鬼心眼儿。这可是千载难逢的好机会，你可要想好了。"

"米加，你说，要是我上的话，能有多少人选我？"

"多了我可不敢打保票，我们这帮人，像米青、米平都会选你，我估摸着堡子里至少有一半多，选好了拿到一半的票没问题。"

"嗯。你要是这么说，我多少心里还有点儿底。"

"就是，就算选输了也不能让米维轻轻松松当选，让他们知道还有那么多人盼着他家下台，也让他们以后收敛点儿。"

"我也是这么想的，就是老头子拦着不同意。"

"米普，昨天我和米青几个喝酒还说这个哩，米青想到个好主意。"

"呵呵，米青能有啥好主意？"米普回了一声院子里叫他的声音，好奇地问。

"米普，你还别瞧不起米青，这回他还真出了个好主意，让他们把以前堡子里的账目都公开。你想想，他米弗和米陀屁股上干净得了吗？只要你让他们公开账目，保证他们就怕了。"

"这倒是个办法。"米普立刻就想到了自己要选的话一定应承以后的账目全部公开。可这会得罪米陀，虽说米陀也进祠堂了，但米元现在明摆着会接米陀的班，这堡子里不管谁当选恐怕都要用米元。他在心里左右衡量了一番，还是觉得没有十足的把握。

米度几乎又是一夜未眠，清晨刚迷迷糊糊睡去没多久，就被鞭炮声惊醒了。

"哪家办喜事？"他问已经醒了的米陀，"米妮儿子吗？"

米陀皱着眉想了一会儿："嗯，是米奇。"米奇是米妮和米贵的大儿子，他的第一个女人去年在大河里洗澡时淹死了，几个月后，他不知道从哪儿领回来一个看起来比他还大的女人，胖胖的，脸上没有一丝笑容，一只眼睛有点斜视，看谁都像瞧不起人似的。米奇自己说女人是县城里的，家里有的是钱。堡里人将信将疑。米巴后来打听到确切消息，女人确实是县城的，不过有家，儿子都上中学了。这女人像来串亲戚一样，只待了不到十天就再没见踪影。

这回的女人米度见过一次，还是在两个月前，他从地里锄完草，扛着锄头在西山小河沿那儿碰到米奇和那个年龄不大的女人向北边走去。现在自己和米陀正在祠堂，米妮家却办起了喜事。他觉得有点怪异，可人家喜事是早定下的日子，堡里人也不会觉得有什么。不知道自家谁会去。二儿子米义前个月因为地里玉米被牛吃了险些和米奇动手。米度估摸米加会去随份礼。

"米陀大哥，前阵子堡子里不是说米弗要搞旅游吗？咋个搞法？"米度突然想起来，问道。

"谁知道。"米陀今天的精神头明显不如昨天，说句话就要喘几口气。

"咱堡子除了这祠堂还有啥可旅游的。难不成这祠堂也要让外人进来？"

"米度，大象的事儿咱蚂蚁管不了，别操那份闲心了，想想咱自己吧。"

"就算是大象也不能长命百岁！"两个人又沉默下来，各自

想着心事。米度看着米陀耷拉着眼皮像秋后的草虫一样萎靡，口
水不知不觉会从嘴角淌出来，心想这老头儿可能挺不过今晚了。
他还有很多话想问问米陀，有人说老米卡的疯女儿是被米弗糟蹋
了才疯的，据说米妮和米弗也有一腿，还有关于米维那件事，他
几次话到嘴边又咽了回去。

老米陀总觉得自己已经油尽灯枯了，总想睡觉，死亡的恐慌
依旧紧紧缠着他，四周仿佛有无数双眼睛冷冷地盯着自己，让他
片刻不得安宁，心里一阵一阵发紧，右半边身子越发沉重，胸口
总有一种麻痒的感觉。屋顶的灯发出惨白的光，有一阵子让他感
到自己置身于另一个世界。他不停地在心里祷告，翻来覆去都是
"祖宗，请宽恕米陀吧"。这几年死去的那些灵魂也一定在看着自
己。米度问的那些事他知道的可是不少，只是这些事几乎件件都
牵扯着自己："祖宗，不是米陀不如实相告，只是米度在这里，
我有些话实在说不明白，等到了那边米陀一定把心肝都掏出来。"

他觉得自己这一辈子对谁都不亏欠，经过这么多年的经营，
日子可以说是红红火火，他最得意的是自家是米堡第一个盖了四
间大房子的，那之后米弗才不甘落后地盖了五间，后来五间的房
子再也不批了。这个米弗，处处要高人一等，等你进来了也要躺
在米度占着的木榻上，都一样。人这一辈子真是太短了，你还没
准备好，就要结束了，人都是要死了才知道该怎么活。

　　儿子米元也让他一直放心不下，眼见就要选举了，没有自己掌舵，儿子会不会拿不定主意？还有米元和米妮也不清不楚的，弄的堡子里风言风语。那个米妮能是个什么好女人，东拉西扯的，他觉得米堡就没几个像他这样没和她搅和在一起的人。

　　虽然堡里人都说米度实诚，可米陀觉得这个人鬼得很，仗着自己肚子里有点儿墨水自觉高人一等，他一定和米妮也有一腿。有一次自己就撞到过他俩在一起，故意咳嗽了一声，两个黑影一下就分开走掉了，他看着那个黑乎乎的背影，一定就是米度。每个村都有个像米妮这样的狐狸精，米堡敢拍着胸脯说自己清白的只有他米陀一个人。他觉得这个狐狸精一定不会放过米弗，米弗当然也不会放过送到嘴边的肥肉，只不过米弗更精明罢了。那一身白肉！一想到这儿，米妮风骚的样子便在米陀眼前显现，真是罪过罪过！这可不是一个正经人该想的，祖宗还在看着呢。儿子咋就鬼迷心窍和这样一个女人缠在一起，而且她还比米元大了几岁。米妮的爷们儿米贵真是个窝囊废，只要给点好处，谁把媳妇拖走都行，好像自己是个大善人在行善积德。这天底下还有这种怂货，就算逮到女人在别人被窝里都不敢放个响屁。否则凭什么米妮家分地、分东西都是仅次于他和米弗的，看得别人眼馋。

　　按照米赞的理论，胸脯大的女人不一定风骚，但是屁股大的一定很骚。米妮胸脯不小，屁股又圆又大，看着就想捏两把。这

个堡子里的男人，包括米陀，也承认自己想过和她搞一次。这女
人身上哪来那么多欲火，让这些爷们儿神魂颠倒。米赞从来都不
掩饰对米妮的想法，有时候会边开玩笑边捏一把那肉乎乎的屁
股，"这坨肉，什么时候压压我啊！"

　　几个人就跟着起哄，把他按在食杂店的木榻上。米妮眼睛眯
成一条缝儿，扭过身，故意把肥大的屁股撅过来一下子坐在米赞
瘦瘪的胸口上，米赞脸憋得通红，吭哧吭哧直喘。她男人也在一
边吃吃笑着。

　　如果别人过分挖苦米贵，米妮也会维护他，像只护雏的老母
鸡。不知道关起门来他还是不是这样的好脾气。不过米陀承认，
米妮心眼儿不坏，从来都是古道热肠，就是太风骚。现在她年纪
大了，不像年轻时那么外露了，但是眉眼间还是勾魂摄魄，让人
想入非非。米妮后来突然去州里的亲戚家住了有一个月，回来就
开始信佛吃斋，脸上的媚气少了，倒让大家觉得不适应。后来突
然有一天，她说身上有何仙姑附体，变得能掐会算，还给人看起
病来。男人们自然都去捧场，让她看看手相，摸摸自己的老脸。
奇怪的是，米堡的女人都不觉得米妮有什么不好。有次米陀问自
己的女人。"人家那叫本事。"女人不咸不淡地说道。

　　"什么本事？睡觉的本事！"他瞪了儿子一眼，讥讽道。他
知道，米妮才是米堡的魂儿，要是没有米妮，米堡就会变得像米

栾家那垛堆了几年的干草那样死气沉沉，离得老远就能闻到那股糟烂的霉味。

作为公爹，他觉得米元的媳妇还是挺合意的，身子骨结实，屋里屋外都拿得起放得下，对爹妈也算孝顺，就是脾气太拧，像她那个倔哄哄的爹。

他又想到米维，那可不是个省油的灯，要是米元和他搭班子，他总担心会闹出什么事来。儿子的性格像自己，遇事轻易不表态，要是米维非拉着他一起干，估摸着他也不会反对，这才是自己最担心的。他不像米弗，那可是个人精，不十拿九稳的事绝对不会干，就算出了问题了，人家也有那个本事把事化了。米维可不行，要是没米弗，他敢把天捅个窟窿。算了，自己说不定哪会儿就咽气了，该咋样就咋样吧，命好命孬都自己担着，别人可是管不了那么多。

第八章 · 第三天

米 祠

让米度意外的是米陀竟然挺到了第三天，他早晨醒来的时候发现米陀靠着木榻、面朝牌位坐着，嘴里似乎嘟嘟囔囔的。有了米陀的陪伴让他觉得更凄凉，两个等死的人。折腾了几天，他觉得自己身体里的气儿好像顺畅了一点儿，胸口也不那么闷得慌了。

"我看你家东头的地，穗子上得不成啊，可要减产不少。"再有一个月就该割地了，今年倒是轻省了，再也不用撅着屁股挥镰刀了！米度像是在自言自语。白花花的大太阳，磨得黑亮的刀把儿，唰唰唰听了一辈子的声音，一想到这些他又觉得憋闷，"就要死喽！"

"愿意咋样就咋样吧，管不了那么多了。"

"米陀大哥，你是咱堡子里第一等的人物，当了这一辈子会计就没什么觉得亏得慌的事儿？"

"还能有啥本事，就是扒拉个算盘记个账，也不耽误种地，还有啥不满足的。"

"我还是觉得搞旅游的事儿不踏实，咱这荒山野岭的咋个搞法？难不成会让外人到祠堂里来？"

米度自从米陀进来前一天看到米德老爹在小本子里写的那些个事儿，就总想找机会问问米陀。当年米德、米普想开铁粉厂时曾经拉他一起，后来迟迟批不下来，他就想想作罢了。后来米普因为又买了辆货车，所以也退出了。没想到最后还真让米德给批下来了，干了没两年就因为他在县城嫖娼被抓，最后铁粉厂低价卖给了一个县里的老板。米德老爹说是米弗背后搞的鬼，说米德在狱里说了，等出来就把米弗家给点了。

"谁知道他是咋想的，我劝过他别搞这些摸不着边儿的东西。"老米陀显得意兴阑珊，咳得胸腔里空空直响。

米度待他平复下来，慢悠悠道："米陀大哥，咱俩现在可是相依为命，那以前要是有什么不妥的，现在也都不算个什么事儿了，你说是不是这个理儿？"

"米度兄弟，这堡子里最有学问的就属你了，人实诚，还明事理。"

"那我问你个事儿，我就是觉得这里面蹊跷，总也琢磨不明白，你是咱米堡里有头有脸的人，知道的又多，什么事都瞒不过你，你给说道说道。"

"你别给我戴高帽了，我知道的可不比你多。"米陀好像知道米度想问什么似的，说道。

"这几天我就在想，再过半年米德就要出来了，可惜我见不到他了，不然也可以把这里面的事儿都和他唠唠。人死了也就算了，活着就活个明白，这初一十五的该圆的、该缺的老祖宗都在那儿看着，就算瞒过了别人也瞒不过祖宗。米陀大哥，你说是不是这个理儿？"他说完停下来看着米陀，米陀眼睛半眯着好像压根儿就没听见他在说什么。他在心里暗骂这只老狐狸，冷笑了一声继续道："当初，米德做铁粉厂那会儿人家效益可是不错，本来他还又贷了款准备再买辆车，就出了那档子事儿，咱们堡子里要说米赞、米维那几个去嫖去睡还算有人信，米德可是个老实人，这十里八堡的哪个不知道？说他嫖，鬼都不信。人就是不能太善了，人善有人欺，马善被人骑。搞到最后给判了几年，那铁粉厂还不是最后给县里人拿去了，我看这堡子里搞什么最后都会搞给外面的人，哪个不知道这米弗就靠这个捞银子。"

想到这些事米度就觉得有气，要是自己当初和米德一起干，怕是也被连累了，米陀闭着眼睛微微点着头在喘着，他就接着道：

"咱都是给人家干活，费力不讨好，你吃黄面我也吃黄面，你吃白米我也吃白米，米陀大哥，不是我说得不好听，米弗吃肉，你多少也可以捞点儿汤喝喝，哪像我们只有抽鼻子闻闻的份儿。你不知道有多少人等着抢镐头那天哩！

"米陀大哥，我是信祖宗的，我在这里当着祖宗面说的话可不敢扯谎。米德弄了一年铁粉厂发了点财，米维就找人家要入股，米德咋肯干，哪个不知道当初人家可是贷了款的，找米弗给担保，给村里两成米弗都不干，最后还是米普给拿了五万块，又贷了五万才买了个旧机器，人家米德这可是豁出命来干的，要是赔了那可就是倾家荡产。米德那是有本事，硬把厂子开了起来，没到一年贷款也还上了，还要再买个卡车。要说这个堡子里，除了米普，别人可比不了米德。可惜人算不如天算，天算不如鬼惦记，米弗和米维眼见人家挣钱了就眼红手痒，米弗让米维去找那个收铁粉的高老板，让他不收米德的铁粉，那个姓高的还让他在交警队的小舅子扣米德的车，见一次扣一次，哪次不花个千儿八百的！这帮畜生早晚都遭报应。"

米陀微微睁开眼用疑惑的目光看着他，好像听到了什么新鲜事。

"这么折腾几个月下来，米德哪能熬得住，去找米弗，人家可是心甘情愿给米弗两成，可米弗张嘴就要一半儿，换作我，就是让东西烂到河里也不给他们这帮狼崽子。可咱们都是站着说话不腰疼，这事儿放谁头上都没法儿弄，你斗得过米弗，斗得过姓高的，还是斗得过人家县里的？"

"要不是米德自己不规矩去嫖女人也不会闹到那样。"米陀突然道。

"你就信米德真是去嫖了？"

"不嫖人家抓他做啥？连小姐都说他嫖了。不嫖他老丈母娘能去他家那么闹？他女人也寻死上吊的。"

"一个老瞎太太懂个啥！米德和米赞就是去唱歌，找了两个小姐陪着吼两嗓子，要说米赞嫖了谁都信，要说米德，打死我也不信。你信？你没听米赞回来说那个小姐后来还说米德强奸她，光天化日的在歌厅里米德会强奸她？鬼才信！那可是要证据的，你自己嚷嚷给祸害了就祸害了？！米德要真是死不承认闹到州里，指不定哪个要进去哩！"

米德最后在北山看守所里签了转让协议，四万块，连个车钱都不够，最后还是给判了三年。米度和米普去看过他，只见了不到半个钟头，米德瘦得厉害，一个劲儿抹眼睛。

"米陀大哥，这可不是瞎说，你看看，米德他爹这里记着哩。"米度把米德爹记着的那个本子扔给米陀，"你也识文断字，自己看看。"

米度目不转睛地看着米陀用哆哆嗦嗦的手指蘸着唾沫翻着，肥胖的脸上越发阴沉下来，到最后喘得上气不接下气。

"可别一下子把这老东西气死了。"米度想，等他哗啦哗啦翻了一会儿，米度才道："米德把厂子卖了，堡子里有人说你和那个姓高的是亲戚，是你在背后撺掇，姓高的还给了你两成干股。这些话你不是不知道吧？"

"这帮嚼舌头的王八羔子非被雷劈死不可。"

"你知道是哪个？"

"我要是知道非把他牙掰下来。让他血口喷人。"

"我告诉你是谁吧，反正咱俩也出不去了。"

"你知道？哪个？"米陀狐疑道。

"不管你信不信，我米度一向实话实说。"

"到底是哪个王八羔子？"

"米维。"

"啥？米维？你说米维？"

"我说你不信吧。"

"你咋知道是米维说的？他亲口告诉你的？"

"米维可没亲口告诉我，是我有天晚上在大柳树后面撒尿，正好米维从那儿过，在电话里和人说的。那米维也不是什么好东西，他这么说就是想把他爹给摘出来。"

"我还为是……"

"你以为是哪个？"

"米维这个兔崽子咋敢说我也有份儿！"

"这就叫知人知面不知心。"

"这个狼崽子真和他爹一样，不愧是亲生的。"

"米陀大哥，什么亲生的？你是不是糊涂了，米维不是抱来的吗？"堡里人都知道，米弗因为女人不能生育，到挺远的一个堡子抱养了米维。人们都说米弗对米维比对自己亲生的还亲，反倒是米弗的女人对米维没那么疼爱，从小就没少因为米维和米弗嚷嚷。

老米陀看来是动了真气，嘴张着呼哧呼哧直喘。米度知道米陀这辈子其实对米弗憋了一肚子火，米弗常当着大伙儿的面像训孙子一样把抱怨都堆到米陀身上，就算泥人也还有三分土性呢，何况是堡子里的二把手米陀。

"米陀大哥，我看你家米元要是当书记才最合适，那米维就是个二流子，要是你家米元去选，我家米加他们一定不选米维。"

"唉，米度，你知道个啥，我家米元倒是比米维强，可是米弗才不会让别人选上，就算米维是个傻子，他米弗也不会把书记的位置留给旁人。"

"咋了？就算米弗再能，可也要看看米维是不是那块料，烂泥扶不上墙。"

"可那是人家的亲儿子啊！"

"啥？米陀大哥，你这云里雾里的在说啥？"

"米度，你不知道，米维可是米弗的亲生崽儿。"

"米陀大哥，这可不能乱说，谁不知道米维是米弗从外地抱回来的，你咋说是亲生的？就算米维犯浑把屎盆子扣你头上，这瞎话可不能当着祖宗的面讲。"

"咱俩都是要死的人了，我说了也是你知我知祖宗知道，我还骗你做啥？你信就信，不信哪个也不会拿刀逼着你。"米陀喘了口气，继续道："我和米弗一起去抱的米维，难道我还能看走眼了？那个女的就是十里堡的。"

"十里堡的？不是说从挺远的什么堡子抱的吗？怎么就是十里堡的？那才多远！"

"米弗怕自己去惹闲话，就拉上我一起先到县里转悠了一天，第二天中午喝完酒才去了十里堡抱的米维。"米陀说得急了，又上气不接下气地喘着，脸色通红。到现在他还记得清清楚楚，米弗有些抹不开脸，让米陀别说孩子是从十里堡抱的，说是怕传出去以后孩子长大了闹麻烦，就说是从县里那边的村子抱的。米陀当然不会多嘴，米弗新选上书记，前几天刚和他说还要一起搭班子，知道自己嘴严实才带着出来。米陀是个明白人，就算米弗不说，他也会找机会让米弗放心。不过他可不傻，看得出来米弗和那个长得挺好看的女人一定有一腿，尽管他俩当着他的面没怎么说话，可米陀看得出来两个人一定很熟，眉眼间藏着亲近。有天晚上，米弗安排米陀住了一天旅店，请他下饭店喝酒，把米陀灌醉后就去女人那过夜了。

第二天往回走的时候两个人什么都没说。大家心知肚明。快到米堡时米弗停下来点着一支烟，才道："放心，咱哥俩一起干，我米弗不会亏待你。"

米维是老米弗的私生崽，米度倒没想到。怪不得！他现在想一想，他俩都是长脸塌眉小眼睛，笑起来嘴角一条藏刀纹。

"米度，你可别把这事儿写上。"

"咋了，写了也没人知道，怕啥？"他知道米陀一定有很多不为人知的秘密。

"蚂蚁管不了大象的事儿。"米陀说完，挣扎着想站起来。米度只好伸出手扶住他的胳膊把他拉起来，然后搀着他去墙角解手。米陀的手很凉，抖得厉害，后来全身都在抖，弄得裤脚都湿了。

第九章 · 米普

米　祠

　　米普从县里往回走的时候天阴得厉害，在东街文化宫那里碰到正在等车的米义和媳妇，他停下卡车，让米义和媳妇上来。

　　"米普哥，听我哥说你要选书记？选吧，我们都选你。"米义抽出一根烟递给米普。

　　"就你哥觉得我能行，我自己还没主意呢。什么时候生娃？"

　　"八个月了，这不中午突然肚子疼就找车来县医院看了，还要两个月。"

　　"男娃女娃？"

　　"肚子尖，看着像男娃。"

　　"米普大哥，你可说说他，就喜欢男娃，这我要是生个女娃还不把我撵出去。"

　　"呵呵，他哪敢撵你。米义，米度叔咋样了？"

　　"还没信儿呢。等着吧。你选吧，大伙儿都看着米维不顺眼，这回也该换换天了，可是不能让他选上。"路上下了一会儿阵雨，

等他们进堡时雨就停了，正是晚饭时间，街上空荡荡的，几家烟
囱里还冒着白烟。米普妈已经把饭菜摆了一桌子，酒也烫好了。
米普洗了把脸坐下来。

"你和朋友说得咋样了？"米征给儿子也倒了一杯酒，端起
来喝了一口问。

"我朋友想再拉个人一起开个饮料厂，咱堡子里水质好，又
没有什么污染，想看看弄块地盖厂子。"

"到时候给妈安排点活儿，咱也挣点零花钱，省得看这老东
西的脸色。"米普妈笑道。

"八字还没一撇呢，你可别出去乱嚷嚷，弄不成可丢人现眼
的。"米征放下筷子看了看老伴儿，又看看儿子，"这倒是好事儿，
只是……"

"咋？你怕赔了？儿子，别怕，妈把养老钱也出给你。"

"赔不赔是你们的事儿，你们有本事干就有本事赔。我只是
担心堡里能不能让你们顺顺当当地干起来，像当初米德最后弄得
赔了夫人又折兵的。"

"有什么不顺当的，这又不是什么见不得人的事儿，你这老东
西，整天就是瞎琢磨。儿子，别听他的，还没干呢就先泄气了。"

"你懂个啥！"

"就怕米弗……"米普道。

"他这个人是雁过拔毛，人过留财，不见荤腥不撒鹰。"

"这我都懂，谁让人家是书记，这好处多少也是少不了他的，何况还可以帮着让堡里的人有个工作，我不信他会怎么为难我。"

"以前那个安徽人想来承包西山，不是受不了他要的太多跑了吗！"

米普还见过那个安徽人，看起来挺实在的，也是从农村干出来的。他给米征斟满酒，说："咱也不是不让他拔毛。"

"我不怕他拔毛，这年头哪有飞过不拔毛的，我是怕他扒皮。"

"先找米弗说说看，他要是心太黑我就找镇里去。"

"这种人还是先别得罪他，毕竟现在人家说了算。"两个人拿起杯子碰了一下，一饮而尽。米普妈拿着小酒壶又给烫了一壶。

"要是能行，你打算在哪儿弄？"

"堡子西边吧，那不是有一个大坑吗？"

"那要多少土方才能填平啊？"

"这倒没事儿，还可以把地租降一点，反正那里荒着也是荒着，而且那里离西山也近，水也好引过来。"

"他们打算投多少钱？"

"初步打算第一期投五百万吧，主要是盖厂房买设备。二期还要投一些，不过没一期多，就是工人的工资。"

"这么多钱？"

"人家有钱，知道怎么弄。"

吃完饭，两个人来到院子里坐在石墩上边抽烟边继续聊着，几只鸭子围着他俩伸着脖子嘎嘎叫着。

"这几天都说米弗又要搞旅游的事儿了，不知道咋个搞法。"

"还能咋搞？咱这儿就这么个祠堂，东搞西搞的还不就是那点儿事。"

"要是他真敢让外人买票进祠堂，不知道多少人就是拼了老命也要和他干架。"

"我寻思咱堡里人哪个也不会为了这几块钱就把老祖宗给卖了。"

"儿子，你就是太老实了。米弗可是啥事儿都能干出来，到时候别弄出什么么蛾子来，你要有点准备才行。"

"放心吧，我心里有数。对了，听说米度叔咋样了吗？"

"十来天了，还没动静。也没人能见到他，就他进去前那身子骨，唉，估摸着也就是这几天的事了。"米征想着米度衰弱的样子，很是难过。

"上次见米度叔还是上个月，瘦得都脱相了。你们能好好说说话的老哥们儿又少了一个。"米征本来就有点发红的脸膛因酒精上头涨得更红了，眉宇间满是忧郁。真不知道米度在里面怎么样了，下一个是不是就轮到自己了呢？

"米度叔要是早点每年检查检查就没事了。等下次回来，有空也送你们到县医院检查检查。"

"不查了，这么大岁数了，听天由命吧。"天色渐渐暗下来，一条狭长的镰刀状青云从北边一直延伸到米祠的上空，几只倦鸟从东向西叫着飞去。米征使劲吸了口烟。孩子的事他们自己会有主意，但是米度的事让他心里总是觉得不安。他有点担心去医院检查，万一真要有个什么毛病，咋办？还不如就这样，等哪天祖宗来召唤了就让抬进祠堂算了。

米普早上起来把园子里的早土豆起了，吃完饭后踱到米弗家。按照他的意思想到办公室去，老头儿却说还是去家里说更方便。米弗一家还没吃完饭，米维就先放下筷子陪着米普在院子里坐下，给米普点上烟，东拉西扯地闲聊了一会儿。

"大侄子，有事儿啊？"过了一会儿，米弗拿着一个痒痒挠也来到院子里。

"我有个市里的朋友，想干个饮料厂，我一琢磨这好事还是先可着咱们啊，就合计着想看看堡子有没有意思把厂子建在咱这里。"

"哦，生产啥饮料啊？"

"苹果醋。"

"能行吗？"

"我朋友他们做过市场调研了，销售的事他们还挺有把握的。"

"你也知道咱们这儿也没有什么东西，咋想在这儿干了？"

"是有几个地方都在考虑，还没最后定。说实话，这就是我自己的一点私心，想着把厂子建咱堡里，既能为咱多交税，又能让堡里的人打工挣点钱，不是挺好吗？"

"嗯。"米弗叼着烟杆儿眯起眼若有所思地应了声，"好事啊。"

"就是啊！我也是这么琢磨的，所以才先来和您老商量一下，看看堡子里有没有意向。"

"事情不用说，好事。不过这么大的事儿可能我自己也做不了主。"

"咱们米堡的事儿还不是您老一句话，你要是说行，这事儿至少有八成把握。"

"我现在老了，再说这么大的事儿还有镇里县里呢。不过这是为堡子干的好事，我怎么也要尽点力，趁我现在还是堡里书记，多为咱堡子谋点利。就不拐弯抹角了，说说你们是怎么合计的？怎么和堡里分成？"

"我是这么打算的，由堡里出地皮入股，然后其余的我朋友他们负责，盖厂房、生产、管理、销售、账目这些啥的，都他们来弄就行了，堡里就等着拿分红。"

"嗯。你们打算投多少钱？"

"第一期投五百万，盖房子，买设备；第二期找工人还要差不多三四百万吧。"

"打算盖几间房？"

"我们测算，怎么也要三五十间吧。"

"地皮怎么入股？"

"那我们就商量着来吧，按照现在附近的地价评估一下。我不能让堡子赔上，您老人家也不能让我们吃亏不是。"

"嗯，那倒是，只是现在地皮控制得严，前阵子县上还专门开过会，超过三亩的都要上报到市里批才行。看样子你们五亩地也不够，不是我不帮你，这事挺难弄的。"

米普笑了笑："再难的事儿在您老人家那里也不是啥难事儿。这事儿成了，我可要好好谢谢您。"

米弗干笑了两声，两个人又闲聊了几句，米普就出来拐到米度家去了。吃完午饭，米普帮着老头儿在葡萄架下挖好坑，又把地窖边上的架子拆了，还没收拾停当，米维一边抽着烟一边走进来。

"米维，快进来坐。"他冲老头儿使了个眼色，米征应了米维一声，拿着镰刀到后园子打杂草去了。

"没事儿，闲逛。"米维站在院子中道。米普从梯子上下来，掏出烟来给米维换上。

米征在后园子把栅栏边已经半枯的蒿草割了一捆，走到房角那里看着米普和米维在葡萄架下说话。这米维一定是米弗遣来的，不见得有什么好事。万一要是想让米维到厂子里当个什么经理，可就不好办了。他见两个人凑近说了没几句，米普就哈哈大笑起来。什么事儿这么高兴，莫非是成了？他又割了一捆草，拎着镰刀走过去，发现米维已经走了。

"是不是和你说厂子的事？"米征问。

"还能有啥事。"

"咋？看你挺高兴的，成了？"

"哪有那么顺。"

"米弗到底什么意思？"

"米维给我出主意，说给他两股干股，堡里的股可以稍微少点儿，再安排他姐姐米丽在厂里管财务。"

"你应了？"

"这事儿我也做不了主，要回去和朋友商量商量，不过就冲他们这么贪心，两股可不是个小事儿，再加上给堡里的，估计这事儿够呛了。"

"黄鼠狼给鸡拜年，不会安什么好心。你这块肥肉米弗哪能轻易放过，不狠撕下来几块他是不会甘心的。"

"咋说这事儿也是为了咱米堡好，他不至于连乡亲的情分都不顾吧，把这么好、只赚不赔的买卖给搅和散了？"

"他米弗可不会管什么乡亲挣得多少，捞不到好处他是不会善罢甘休的。不信你就看着。"

"唉，不行就到旁的堡子去搞，反正也离得不远。"

"你还是别在他这一棵树上吊死，不能被他老米弗牵着鼻子走，趁早另做打算。这事儿我看八成要完。"

"知道。"米普应着老头儿的话，他有自己的主意，这回和米弗说说只是探探他的口风，现在要选书记，他自己琢磨过，不弄出点儿大动静怕是拱不动米维，要是把饮料厂作为竞选的条件，那他就有六成的把握了。再说可以在竞选中逼米维应承下来，就算选输了这个厂子也是要建在米堡，当着全堡人的面，相信米维不敢食言。

第十章・死亡

天又阴了。米度脚踝上那年和米征上山打野鸡时留下的冻疮又开始发痒，要下雨了。虽然快收割了，可今年的雨水比往年都少，他觉得稻子明显比往年矮一巴掌，东头大井里的水下去有半米多。他抬头看看外面，灰蒙蒙阴得让人心里憋得慌，这雨可别下太多了，再过些日子就要割地了，别弄得全是稀泥，要是再刮风就坏了。那年发大水，田里就像懒婆娘的头发，稻秆被一片一片吹倒，都缠在一起裹着镰刀，要多费一半的工。

他看了一眼从早晨就一直陷入昏睡的老米陀。人啊，一辈子别光想着自己，还是要多少行点善事，就像前些年的那场大旱，精明的米陀让米元买了两个大油桶从十里外一个深井里拉水回堡里卖，被人背后戳脊梁骨。米度自家的水却要供米征、米赞他们三四家用，媳妇总是抱怨不已，他就骂自己的婆娘，谁不想挣钱，可这种昧着良心的事他做不来，那钱就算揣到腰包里也不踏实。可儿子米义觉得合情合理，说米元家的车也是要烧油的，总不能让人家白跑吧。这年头他有点儿搞不懂了。是不是自己太老了？

"你有啥放不下的吗？"米陀昨晚费力地半梗着脖子突然问道。有什么呢？米度现在觉得很多事都放不下，他还想再活几年，好好享受享受生活，和女人说点儿心里话，看着杰杰上学。"要死的人了，能有什么？"他对米陀说了违心的话。他还是不愿意在别人面前把心掏出来，何况面对米陀，甚至都不愿接着问一句"你有啥放不下的？"

"还是你想得开。"米陀微微叹口气，"我要走在你前头了。要是有什么对不住你的，看在咱们都是一个堡子的人的分儿上，别往心里去。"

"死了这些就都不是事儿了，谁还会在意这个。放心吧。"老米陀听米度这么说，就闭上眼，喘了几口气，过会儿又望着米度，一副有话要说的样子，隔了一会儿，又合上眼，好像明白过来米度也活不了几天了。

米度觉得米陀可能活不过今晚了。米度夜里醒来时，米陀陷入半昏迷状态，松弛的眼皮耷拉着，过一会儿又张开一条缝。米度端给他一碗水，他也只喝了一小口。

"走吧，还有什么放不下的。"一想到一个等死的人安慰一个要死的人，米度眼窝就咸滋滋的，觉得老米陀也挺可怜的。

早晨，米度还没睁开眼就想米陀是不是已经死了。老米陀果

米　祠

然已经不行了，眼睛只嵌开一条缝，呼吸微弱得像随时都会断。米度轻轻推了推他，米陀只模模糊糊哼了一声。米度喂他喝水，水都顺着嘴角流下来。米度稍微有些紧张，还没有人在自己的注视下死去，即使是老爷子也是早晨起来才发现身子已经凉了。看着眼前老米陀那蜡黄松弛的皮肤，不由得想起老爷子来。老米陀，堡里的二把手，一生精明，到头来也拧不过命。米度似乎想清楚了一些事，又觉得有点儿糊涂。他到小院子里待了一会儿，洗了把脸。雨还是没下，天阴得更厉害了，厚重的灰云像贴在头顶的巨大幕布，有几只乌鸦突然喳喳地叫起来。

死了！一个人就这么死了，看起来并不可怕。他坐在木榻边，就这么看着老米陀的呼吸一点一点消散，肚子渐渐一动不动静止下来。他抬头望了望祠堂高大的顶棚，那几个圆洞似乎突然亮了起来。米陀的灵魂应该已经飘走了，正往祖宗那里飘去。他走过去跪在蒲团上，心里默默向祖宗祷告着。

米陀还是什么都没说，什么都没写。米度觉得自己害得米陀没能说出心里话。堡里的那些不为人知的事就这样被他带入坟墓，祖宗会原谅他的不实诚吗？米度现在倒有点怀疑起来。也许米陀家的供品多，祖宗也就饶恕他了，不像是米赞，一个破落户，成了孤魂野鬼，也许永远都没有机会再亲近祖宗了。

祠堂外面也悄无声息。乌鸦怎么不叫了？米度看着米陀逐渐冷却的身体，希望听见乌鸦嘶哑的嘎嘎声，让他觉得不那么孤独。原先他还倔强地对女人说，"进祠堂有啥好怕的"，现在他知道恐惧会慢慢变淡，孤零零的一个人才是最难熬的。这几天有老米陀的日子，让他觉得还不那么难熬，现在老米陀也将被抬出去了，又要剩下他一个人待在空旷的大房子里。什么时候才是个头呢？他觉得该轮到自己了，但是老米陀却后来了，而且先走了。还会有人进来吗？

米度本来想过两天再告诉外面米陀死了，让老米陀再陪自己两天。到了中午，只落了几个雨点，突然一阵没头没脑的大风过后渐渐露出亮光。他在蒲团上祷告了一会儿，心里越来越不踏实。饭送来了，送饭人刚转身走了两步，米度对外面高声喊了句："米陀死了。"

晚饭送来得很晚，他吃完坐了一会儿就困得不行，第二天中午醒来时空荡荡的大房子里又剩下他一个人。怎么睡得这么沉，连米陀什么时候被抬走的都不知道。说不定进来的人奇怪怎么先死的不是他？不用急，耽误不了几天了。

中午他吃过饭，又想起老米陀，他现在应该已经停在棚子里，祭拜完的人们忙着置办酒席。自己要是没在这儿，也会过去帮帮忙。人死了，好不好的，一切就都过去了。后天这个时候，老米陀就会被火化了。堡里人一定在议论米度怎么还没死？什么时候才会被抬出来？自己家里一定更担心了。他经历过这种事情，每天都等着黑锦带，直到送来，悬着的心才会放下。

米度想起小时候和米赞几个人偷偷趴在离归宗台一百多米远的土坡上，看着人们围着在水库淹死的小米力，短小的身体被布裹得严严实实的，放到木柴堆上。一个人站在台上把桶里的柴油倒在米力和柴堆上，另一个人走到米力爹身前说着什么，然后点着了一根树枝。米力家只有米力爹来了，他娘已经哭昏好几回了。柴堆上的火苗呼呼地蹿得老高，噼里啪啦地响着，空气里弥漫着柴油味，还有一股奇怪的味道，像烧熟的家雀。他觉得热浪和飞灰都刮到这边来了，几只野鸽子正奋力向上飞着，打了个弯儿，朝祠堂方向去了。那些日子他总梦到小米力在火堆里笑着向他招手，喊他和米赞的名字，把着了火的衣服往下拽。

没有烟抽真是件难过的事。烟丝嚼碎的味道永远都替代不了吧嗒两口来劲。怎么就不让把打火机带进来呢？难道怕人在里面放火吗？他歪头想了想，可以弄个黄铜的长烟杆，就像米鸾的那个，比那个再长一米，然后砌到墙里，外面的人每天装上烟丝，里面的人站在那儿咬着吸。米弗，等你进来就知道有这么个长烟杆多重要了。

米度觉得自己还应该写点什么。什么呢？他想了想，似乎有很多话，却又不知道从哪里说起。堡里的事他知道的倒是不少，但是在背后说人短长的事他有点做不来。就说米元吧，还有米维，靠了老子的光接了班，他总觉得不妥，但是能咋样？米维咋当上的村主任米其都说了。虽然他知道米维在外面和一个女人不清不楚的事，但是毕竟自己没亲眼见到，无凭无据的，写出来祖宗一定会怪罪，人家老米陀最后也啥都没留下。不惹事，也不怕事，这是他的处事原则，日子不就是这么平平安安过来的嘛。

"蚂蚁管不了大象的事儿。"米陀说得对，自己也是只蚂蚁，只好任由大象踩来踩去。一想到这个他就很灰心，连饭都不想吃了。

"这祠堂里装得下那么多灵魂吗？"半夜他醒来，望着棚顶想。

第十一章 · **旅游**

米 祠

早在二十年前米弗就动过米祠的主意，只是当时他刚当上书记没多久，胆子还没那么大，加上堡里几个尚在的老头子听说了，就嚷嚷着整天寻死觅活的，这事就搁下了。马上就要选举了，这次米弗想来想去也只有再动动米祠的主意了，只是还有些担心，"时机不到，要动也要到来年小献祭后"，毛半仙去年春节前到米弗家临走时这么告诫道。现在呢？时机也许真就来了。

米化在电话里告诉儿子，自己已经按照他的说法和米弗说过了。

"他咋个意思？"儿子急切地问。

"他能有啥不同意的，这送上门儿的好事他可是巴不得！"

"那我明儿就和王老板回去和他谈谈。"

"别急！先抻几天，你这么急人家还不拿住你！"

"对。等几天。"

"真是的，都当上领导了，还是太嫩！一点事儿就沉不住气。"米化放下电话，得意地对老伴儿说。

"就你能，你能，米堡不还是人家米弗当家。"

"你懂个啥，枪打出头鸟，有事儿他米弗得先挡着，这叫万无一失。等这个旅游公司搞起来，咱孩子的钱还不赚翻了，你就洗干净那老爪子等着数钱吧。"

"你可别小瞧了米弗，你可要好好和孩子说说，他从来不吃亏，别让咱孩子吃亏。"

"放心吧。"老米化心里也有点儿拿不准，他太了解老米弗了，从来都是啃骨头都嚼碎了吃。不过儿子回来搞旅游公司这是好事，老米弗虽然只是哼哼哈哈地打着官腔，可他一定动心了，否则也不会骂得意忘形的米维"当了村主任还像个蚂蚱不稳当"。送上门儿的钱米弗会往外推？鬼才信！

米培是在第三天回来的，要是依着米化，再等个几天，谁送上门谁吃亏。不过米培还是按照老头儿的要求没有立刻去找米弗。中午吃完饭，米维就叼着烟推门进来了。

"米培哥，老远就看见你的车了，回来了咋也没知会一声儿，好好喝几盅啊！"

"米维啊，来来，坐，临时办事路过就拐进来看看，晚上就走。"

"咋也住个一宿半宿的，多待两天，咱哥儿俩好好喝几盅。"

"咱俩可是挺长时间没在一起喝酒了。这是市里王老板，大艺术家，大企业家。"

"幸会幸会。"米维打量着王老板，客套了几句就走了。

"一定是米弗让来的。"老米化悄悄在院子里对儿子说，"沉住气，好饭不怕晚，迟点儿再去。"他对王老板滔滔不绝的那些想法听不大懂，但是对米弗，他知道该怎么对付。

"王老板打算成立个旅游公司，堡里可以参股，或者……"王老板到了村委会的时候，米弗和米维果然都在。客套了一番，米培先说了一半儿话。

"嗯。"米弗仍旧不动声色，吧嗒吧嗒地抽着烟。

"米弗叔，王老板的意思是或者给你干股。"米培继续说。

"对，怎么都成，看你们方便。反正我就是要打造一个集艺术、文化、历史、旅游于一体的大项目。这也可以把咱们米堡推向全省、全国，甚至全世界。"王老板仰靠在皮沙发上，夹着一根两寸多长的白玉烟嘴，小拇指一直斜翘着。

"王老板是市里的著名企业家，前几天市电视台还专门采访过他。他还是全省闻名的艺术家，到处请他去讲课，就是我这不懂艺术的听了都觉得上瘾，都成了半拉子艺术爱好者了。哈哈哈！"

"艺术不艺术的咱不懂，不过万祖归宗，就是为了给咱堡子里挣点钱。"米维说完，看了眼老爹。老米弗用肉眼几乎无法分辨的幅度点了下头。

"放心吧，艺术的事儿就交给王老板，他在省艺术圈的人脉那没的说，邀请个几十号艺术家来米堡是敢打包票的。"

"艺术的事儿咱也不懂。不过具体要咋搞？"米维问。

"我的设想之一就是打造'一节一会一祠'，就是一个米堡艺术节，一个米堡艺术会，另外就是米祠旅游。先说米堡艺术会，这是这个项目的核心，最重要的，我会专门邀请几十个艺术家进驻米堡，一来可以提升米堡的知名度，二来也可以体现米堡的文化价值，还可以提供艺术品买卖，一举多得。有了米堡艺术会自然就有了米堡艺术节，有了这两样，米祠的旅游就水到渠成，不想火都不行。"

"呦，我还以为请艺术家就是来捧个场，这话说得，这不是搞大了吗！哈哈哈！王老板，到时候你可就是米堡的大恩人了。"米培脸上笑开了花。

"想赚钱，就是要往大里搞，以后再弄个米堡艺术基地，把米堡作为文化品牌推向全国，到时候这艺术的附加值可是太可观了。"

"那旅游的事儿？"米弗也听得有点儿兴奋，不过具体咋个搞法，能投多少钱，他还是想听听。

"旅游就是水到渠成，有了文化，有了米祠，旅游就是一个宣传的事儿。咱米堡这么好的老民居，米祠这么古老的宗祠，有这么多好的由头，想不火都难。这边一拍板，具体方案我让人一个星期就做出来。"王老板说起话来气势不凡，说得兴奋时身体向前倾着，夹着烟嘴的右手不停地在眼前挥来挥去。语罢，他满带得意地又靠在沙发上，眯着眼把嘴里的白玉烟嘴翘得老高。

"关键在谁做。要是换了旁人，别说弄这么多的项目，就是单搞旅游都弄不起来。前些年不是有个东北人来过，忽悠了一顿连一个子儿都没见到就溜了。这事儿需要的不是旁的，就是关系、人脉，人家都是看人投钱，有了关系也就有了钱。米弗叔，你可是米堡最明白的人了，你说我说的是不是这个理儿？"

"嗯。"米弗放下烟袋，换了个姿势，慢悠悠地说，"堡里对这个事儿是支持，不管哪个搞，只要别蒙咱堡里人就行。话又说回来，米培你也知道，他在米堡也没什么家当，出不了钱，只有地和祠堂。王老板的这些想法听着挺好，米培也不是外人，也不用掖着藏着，我有话就直说了。"

"米弗叔，你和我老爹这关系，还有我和米维我们哥儿俩这关系，不然也不会把王老板介绍来这儿。"

"以前有人想来搞旅游，可我听着就是一分不想掏纯想从米堡捞钱，要是弄个半生不熟就跑了，我是米堡书记，可要被全堡人戳脊梁骨。我这也是为全堡人着想，想给他们多弄点养老钱。现在骗子太多，这事儿我自己也定不了，还要开会和堡里人商量商量。"

"爹，堡里还有你定不了的事儿？"米维急切道。

"你懂个啥，这么大个事，按规矩先要和堡里的长老们商量商量，还要和镇里汇报，你以为是挖坑种地那么简单！"米弗狠狠瞪了儿子一眼。

"对对对，还是老书记办事有条理。"王老板笑着打圆场。

"现在不是啥都讲究规划吗？你们弄个计划书，怎么个形式，咋搞，能赚多少钱。我先看看，合适的话咱们再继续谈。大侄子，王老板，你们说呢？"

"行。米弗叔，镇里、县里，就是市里你都放宽心，我们王老板一个电话就都搞定，没有办不成的事。"

"嗯。"米弗若有所思地点点头。米维送走米培他们，一进屋就看到米弗黑着脸瞪着自己。

"咋了，爹？"

"你急个啥？这是着急的事儿吗？"

"我怕人家万一反悔了呢。"

"人家没看准这肥肉会下钩吗？猪脑子。"

"那咋办？你真要和长老商量啊？"

“这是大事儿，还是要和他们说一说，免得以后落下把柄。”

“落下把柄咋了，他们还敢咋样啊！”

“肉要吃得香，别落一身骚。”

“那该咋办？”

“这事你别和任何人说。让我好好琢磨琢磨再说。”

“我看那个王老板挺有钱的，人家可是开宝马来的，米培说一百多万呢！”

“钱是人家的，想着怎么变成自己的才行。不然折腾个啥。”

“人家不是说给你干股了吗？”

“我估摸着，要是真能把旅游搞起来，这里面倒是有不少事儿能干。另外，就要搞选举了，你要是没个硬家伙在手里，怎么和米普争，你没见他要开厂子吗？”

“对，对，我咋没想到呢。老爹，难怪都说你能。”

“你懂个啥，就知道瞎搅和。”

米祠要作为旅游景点的事还是很快就传了出去，一下子闹得沸沸扬扬。大柳树下天还没擦黑就聚了十几号人，隔一会儿就又有几个人吃完饭挪过来。

“祖祠里面的东西拿来给外人看？米弗想干啥？就不怕遭雷？”这可是从堡里最老的米书那只剩两颗门牙的嘴巴里说出来的，树下的人们心里一凛，这话要是传到米弗耳朵里，他拿老米书倒是不能怎样，但是米书几个儿子就倒霉了。

"按说米弗也不会糊涂到这份儿上，是不是还有什么别的事儿咱们不知道？"

"哼！管他什么别的，谁敢动祠堂谁就是米堡的千古罪人，就是秦桧儿。"老米书怒气勃发，二儿子拽了两下他的袖子都没让他停下来，"你扯我干啥！都是你们这些不争气的东西让堡里变得乌烟瘴气的，祖宗是不会饶了你们的。"

"人家是官儿，又有的是钱，多给祖宗上点贡就行了。没钱人在哪里都受欺负，有钱人在哪里都是有钱人。"米义的话说得虽然不中听，但是没错，谁都知道这年头就是这么回事。

"就是，谁下地狱米弗家也不会下地狱的。"

"你们懂啥！祖宗那里都是一个眼珠看人，一视同仁，作孽的就是作孽，永远也翻不了身。"老米书越说越激动，花白的胡子都跟着抖起来。

"米书爷，要不你去和祖宗说说，断了他这个念想！"米义的话倒把老米书气乐了，举起木杖作势要打，"你这个没大没小的兔崽子敢拿你爷爷逗乐！"

"米维来了，米维来了。米书爷，问问，问问。"人群向后让了让，把老米书闪了出来。米维见这么多人，迟疑了一下走过来。

"米维，我问你，祠堂是要卖票搞旅游吗？"米书气呼呼地质问道。

"哪有的事儿。您老这是听谁胡诌的？"

"胡诌？无风不起浪，堡里都传遍了。你今天给我说清楚，到底咋个回事？"

米维见这么多人都看着自己，心里也有些打鼓，这老米书最难对付了，又不能一走了之，就陪着笑对老米书道："老爷子，没有的事儿，就算真搞，也要开会研究。"

"开啥会？你和你爹研究不就行了。"

"米书爷，话不能这么说，咱堡里还有长老呢，这么大的事儿，要是有，一定会和长老商量。你这么大岁数就别跟着闹腾了。"

"我闹腾！你个兔崽子，我是看着你爹长大的，我闹腾！"

"米维，到底有没有这回事？这可是米堡的大事儿，别让堡里人心寒，最后闹起来谁都不好看。"米征站起来走到米维面前，郑重说道。

"米征叔，事就是这么个事，你们要是不信我，我也没话。"米维说完转身走了。

"信他？鬼才信！"人们七嘴八舌地嚷嚷起来，这排场这些天一直就这么持续着，弄得人心惶惶。

堡里的明白人，像米征他们，都知道米弗的鬼心思，除了前几年的高速公路占了边上的一小块山地，其他地方也没什么生财的物件，现在米堡能生金蛋的也就剩米祠了，米弗和米维是不会轻易放过这个机会的。尤其是米弗，已经进过一次鬼门关了，再不趁着能动弹捞点儿，恐怕以后就没机会了。米维？那是个猪脑子，没有米弗，他就是个二流子，属于兔子尾巴，干不长。

"爹，堡里最近风言风语可不少。"米维一进屋就皱着眉头对老头儿说。

老米弗放下手里的烟口袋，用大拇指把烟丝在烟锅里按了按，眨了眨有点儿老花的眼睛，道："你都听说啥了？"

"都在说旅游的事儿，要把祖宗的东西拿来卖钱。老米书都跟着直嚷嚷，昨天晚上在大柳树那儿我还被他拦住问，好像咱们要把祠堂卖了似的。"

"你咋说的？"

"我说是搞旅游，给堡里挣钱，又不是我们家自己弄。"

"再问你就说是镇里支持的，市里批的，旁的别多说。"

"反正现在话说得难听，咱们给堡里弄来的好处倒没人提了。"

"都是忘恩负义的东西，只会捣乱。"

"还有人说要是真把米祠搞旅游，就要到县里去告。"

"哼！看他们能折腾到哪儿去！"老米弗也觉得要是闹出事来恐怕这次也不好收场，自己的如意算盘可能就要落空了。堡里人只在意米祠，按照自己的想法，那里也是不能真让外人进去看的。他虽然并不很相信神灵，但还是不敢冒天下之大不韪。别人还好说，米书年纪大了，老糊涂，但是米征、米普几个要是真闹起来还真难办，要想个万全之策才行。

抽了两袋烟的功夫，米弗已经想出了一个好法子，在米堡东边再建一个米祠，和西头的一模一样，专门用来搞旅游。再请人把米堡的历史从古至今重新编写好了，漂漂亮亮地放在新祠堂用来展示。这回看那帮棒头还能说出个什么子丑寅卯来。他得意地眯着眼，把烟慢悠悠地吸到嘴里。就是这个法子，万无一失，王老板他们也不会不同意，无非就是多花几个子儿，他们又不缺钱，大不了多给他们点儿甜头。再说，东边空地大，可以给他们建一些创作基地。

米弗觉得当务之急是和王老板他们把这事定下来，最好先交个保证金，然后再让米栾他们放个风，看看堡里人还有啥话说。老了，做事就要周全，万无一失，别在这事上晚节不保，既惹麻烦又可能毁了儿子的前途。

堡子里对米丽突然开始在东边空场的一侧挖土动工很是纳闷儿，她已经有四间大房子了，怎么还要盖房子？听米妮说这次还要盖五间。那块地去年米宁大孙子结婚要盖新房都没批下来，米弗说那块地不准盖住房。现在怎么了？难道米丽要盖马圈吗？

米巴他们几个晚上干完活儿吃完饭，又在小卖部买了些啤酒坐在祠堂边上的石桌那儿喝起来，一会儿就都脸红脖子粗起来。

"我告诉你们，米丽根本没到镇里批地就敢动工。真他爹的！"米奇仗着酒劲儿嚷嚷道。

"看来这是老米弗趁着自己活着抓紧给儿女们多捞点儿实惠。"米义这话说得几个人频频点头。

"人嘴两层皮，去年连米宁叔都没批下来，最后却批给自己闺女了，自己拉屎自己吃，这他妈的！"米义和米宁的二儿子最说得来，现在也替他叫冤。

"谁让人家全家都是官儿呢，说东就是东，说西就是西，你能咋样？"

"去告她。"

"你去吧，不把你拘几天算米丽看上你了。"

"无利不起早，你见过猪去沙堆里拱食吃吗？人家精得比孙猴子也差不了几分，要是没有甜头，谁会再花这些钱弄一套房子闲着？就为了显摆自己家有钱？"

"就是，人家既然敢弄，早就想好了，还能等着你们闹腾，都歇了吧。我可不信她爹能这么糊涂，落下这么大个把柄让你攥在手里。"

"就算让你攥手里又能怎样？你一样是拿不住，还不是要乖乖地松手还给人家。"

"在理！"

"这他娘的有钱的在折腾，你说咱们这没钱的也在这儿折腾个啥劲呢！"

"咱这才叫穷折腾！"

"穷折腾，折腾穷，不穷不折腾，越穷越折腾。"

"越折腾越穷！"

"哈哈哈哈！"几个人边喝边骂，直折腾到夜里十一点多。

第二天下午，米丽阴丧着脸来到房场，站在砖垛前，举着一张盖着钢印的纸对干活的人恶声恶语地说："让他们看看，谁再敢扯闲话造谣，搞不死他我就跟了他。"米奇几个低着头挖土，脸涨得跟紫茄子一样。

"米奇，你有福了，刚娶了媳妇又有人要搞你，以后吃穿不用愁了。"米丽一走，大家就都纷纷取笑他。

"咱这好马不配驴，免得生了崽子祖宗不认！"米奇的话逗得大伙又闹哄哄地拿他说笑了一阵子。

第十二章 · 恢复

米　祠

米度还是很虚弱，在小院子里的水槽边洗了把脸，一只癞蛤蟆从门缝慢吞吞地爬进来，笨拙地想爬到一块翘起来的青石上，试了几次都摔下来。天气又阴得厉害，饭菜也凉了。他不知道是什么时辰了，知道了又能怎样？米祠里不需要时钟，时间对于将死的人还有什么意义吗？

今年的雨水比往年少很多，不像去年，从春节过后雨就没停过，大河小河都满满的，到了汛期，上面米熊家的养鱼池就被冲了个大口子，跑了半池鱼。米度本来打算明年米熊家承包到期了，就把那个鱼塘包下来，养些蟹子。这两年蟹子的价格涨了不少，他姑姑家一个表哥会养，春节来串门时还特意和他提过。

米度瞄了眼外面的天色，没有自己，两个儿子恐怕也做不成这事。要是再活几年该多好！他一直喜欢弄鱼，十来年前给那个表哥家帮过忙，养草鱼和鲤鱼。堡里的池塘本来他出的价更高，不过还是被承包给了米熊，租期十年。米熊家养的鱼可不怎么样，鱼苗就没选好，又舍不得饲料，瘦得肚子里都没油。

他坐在门槛上，吃了块凉馒头，就着几条咸萝卜喝了半碗小米稀粥，想着这些事。他觉得身体似乎没有刚进来时那么虚弱了，但还是气喘，站久了骨头都酸。天气好的时候，他就坐在门槛上晒晒太阳，其余的时间就看看柜子里的本子，看看那些他认识的死去的人都写了些什么。院子里树上的乌鸦似乎了解他的情绪，他心情尚好时鸦雀无声，烦躁不安的时候它们却聒噪个没完，一副幸灾乐祸样儿，有时还飞到墙头伸头向里面看。"你们莫不是等我死了来吃肉的！"米度骂道。

今天应该是集市日，每月的 10 日和 25 日，那些穿梭于周围农村的商贩就开着小面包车、皮卡、拖拉机，甚至干脆就是一辆摩托车，载着各种日用品和肉菜吃食来到米祠东南边的小土场上摆摊。从上午八点开始，闹哄哄的一直到下午两点多结束。外面传来一阵摩托车沉闷的突突声，似乎在上坡时熄火了。应该是那个卖五香粉的，他总把车停在电线杆边上，一小袋一小袋连在一起的五香粉挂满了车子，小贩身上也搭了一些。女人就说他家的味道好。他觉得那些粉末越来越细，一定掺杂使假了，这年头哪有实打实做买卖的，不直接坑你就烧高香了，老米图不就让人骗了三千块，留下一个根本不知道怎么用的东西，气得病了半个月，险些进了祠堂。

要是在平日，他也会在十点多到那里逛一圈，要是烟草没了就从老郭头儿那连买带拿地挑一点，买把柴刀、铲子什么的，再称上半斤喷香的豆腐卷，正好中午可以下酒。镇里的小酒坊也倒闭了，集市上的酒总是有股子怪味儿，没法子，谁让自己好这口呢！要是赶上雨天，就只有稀稀拉拉几个卖菜的，还有那个每次不落卖鱼的老胡头儿，反正鱼也不怕雨，在铁皮水槽里噗啦噗啦翻腾着。

他自己会披着老头子留下的那块黑雨布到地里看看玉米是不是又起了蜜虫。那雨布都多少年了还那么结实，现在的东西就薄薄的一层，都不敢使劲抖。一想到那些地里的玉米秧在雨水的滋润下变得绿油油的，心里就感到踏实而亲切。

他站起身，走到门边，侧着身子听着外面隐隐渐趋嘈杂的人声。差不多了，闹腾的音乐已经响起来，东西也都摆好了，堡里的人也陆陆续续地聚拢来，一边和小贩讨价还价，一边说着闲话。会有人想起隔着两扇门自己还在这里吗？他从小就对这里充满敬畏，每当有人被送进来，他那时离得远远的就觉得有一股寒意，好像这里面都是骇人的鬼魂在游荡，攫取那些胆敢偷窥的孩子的灵魂。

"哎！哎！"有人高声喊着。他没听出来是谁，喊什么呢？那些声音显得嘈杂而遥远。他从未想过会在这里聆听到。

"哎!"他也大声喊了一嗓子,只有后面空屋子的混声,没人搭理他。他拉长声用尽力气,扯得嗓子有点疼。他贴着门缝听了听,没人搭理他,还是一片遥远模糊的嘈杂声。

他觉得有些失望,回到榻上躺下来。周遭又布满了空荡陈旧、积年的尘土味。不知不觉睡了一觉,起来后外面的人声似乎还在。看了看天儿,刚过中午。他还是觉得有些倦。往常的这个时候他已经喝得微醺,躺在榻上美美地抽一袋烟,然后迷迷糊糊地打盹儿了。现在连抽袋烟都成了奢望。午饭还没送来,他们一定是在看门人那儿喝上了,忘了里面还有个要死的人等着吃食。一想起那些酒肉,米度不禁吞了口唾沫。"真是臊得慌,越老越没出息!"

早晨留下的那半块馒头已经变干了,他咬了一口,把剩下的揉碎使劲扔到墙外,立刻响起一片单调的嘎嘎声。他从门缝里看到几只乌鸦在蹦跳着抢食,有两只还对啄了几下。它们通体乌黑,脚却不是黑色的,是那种裸露皮肤的暗红色。

院子里的墙缝上长了几根草,墙根的青石上覆着一层毛茸茸湿滑的绿苔。祠堂内外,一堵石墙,两个世界。他想去田里看看那些等待收割的粮食,闻一闻夹杂着溪水气息的味道。檐下的小燕子也该长大跟着成燕往南边飞了。女人在井边挑着簸箕里的坏豆子,奇客趴在她脚边,嘴巴贴着地乜斜着眼打盹儿,偶尔动一动蓬松的尾巴。

坐了一阵子，天愈发阴郁起来，他觉得气闷，回到榻上躺了一会儿。他还是摆脱不了烦躁不安情绪的侵扰，即使困了也不想睡。"再坚持几天，以后睡觉的日子长着呢！"他坐起来，去拿了几个本子，倚在木榻的靠背上翻着。

家里现在应该已经吃完饭了，女人在锅里洗着碗筷，米加在院子里摆弄着农具，米义准备去闲逛了。杰杰呢？正在拿着吃剩的骨头逗奇客，奇客摇晃着大尾巴站起来，眼巴巴地看着他。自己往常这时候就靠在窗边塞上袋烟，从窗口看着杰杰和奇客玩儿。唉！他重重叹了口气。这就是命！

晨曦漫照，新的一天开始了。米度把饭吃了大半，胃里还是微微有些胀痛。收拾完，他坐在木榻上，看着门外清晨温暖的阳光，心里一阵阵发凉。发了一会儿呆，院外的大喇叭突然吱的一声响起来，吓得他一激灵。接着，广播通知说书记、村主任选举将在下个礼拜举行，这次省里有个选举监督小组会来观摩监督，大家一定要充分重视起来，绝不能出任何差错，不能丢米堡的脸面……

他躺下来，盯着上方一根根粗大的房檩。自打记事起，他就对堡里这个大房子充满好奇和敬畏。家里人早就警告过他们这群淘气包不要想进到祠堂里。

"那里面住的是什么人？为什么整天都关着门？"米度和伙伴们跑累了，有时候就坐在石马下，谁都不敢大声说话，目不转睛仰望着高耸入云的大门。天上白白的云彩缓缓流动，他觉得厚重的大门向自己倾压而下，让他喘不上气来。

长得大些，他知道祠堂里住着祖先，对祠堂发生的种种神迹也深信不疑。"人是有魂儿的"，堡里的长老们傍晚坐在街边的石凳上给他们讲米堡的历史，"他们的魂儿就住在祠堂里看着我们，保佑米堡里的所有人，不然米堡能上千年还在吗"。从小他们就相信这些话，长大了也并不会怎么怀疑。

后来他有资格做家里的代表参加入祠仪式的时候，看着那些将死的人平静地被送入祠堂，每次都生出很多感慨，尤其是因为自己家的老头子被抬进去时已经人事不省，他的身体在架子上显得又瘦又小，几个人抬着他慢慢向祠堂里走去，像怕惊醒他似的，他恍惚觉得老头子会突然从架子上坐起来，翻身下地，然后和他们一起回家。最后，他望着他们的背影消失在黑洞洞的祠堂里。"等那天到了……"他在被送进来的仪式上并没有想太多，只是觉得有些遗憾，毕竟再活个十几二十年才是正常的，祖宗如此早的召唤让他感到从未有过的畏惧。"什么都是有命数的，强求不得。"

　　他还清晰地记得老头儿的样子，胳膊上那道长长的疤瘌是在挨饿的那些年留下的，老太太说他爬到东山的大榆树上去够别人够不到的榆钱，一脚没踩实被一个树权把胳膊划开一道口子，幸亏抓住旁边的粗枝，要不然从那么高摔下来不死也得残废。那个大疤瘌足有一巴掌长。他伸手看着自己左手背上那道两寸的刀疤，还是二十岁那年米赞和米征打架时留下的。这个米赞实在是浑，连他这个堂哥的话都不听，非要教训米征，结果还不是让米征一棒子打趴下了，要不是自己不顾手上的血死命拽着，米征非把他的腿打折不可。年轻那会儿的事就像前几天刚过去一样，他还能想起来米维家买了堡子里第一台电视机时让大伙儿去看，那阵子的米维哪有这么浑。这人啊，说变也快。

　　他在小院子里来来回回走着。这里和外面一样，也是院墙高耸，宽也就不到四米，北侧是个茅房，南侧有一口大缸，有根管子从外面接入，里面装着清水，一个石凳上放着一个黄铜面盆。后来他就坐在门槛上看着狭窄的一块天，就这么又过了一个上午。

　　家里人都在做什么？他忘了告诉他们，田里的水沟有几处要把淤泥清一清。还有就是要把院子里铺上方砖，这样以后再也不会总是一脚湿泥地进到屋子里让女人嚷嚷了。还有，安个太阳能热水器。这是在外打工的米唐春节给他拜年时说的，滔滔不绝讲了一大堆太阳能的好处。他就和儿子商量等到夏天也安一个。这可是堡里头一份。自己洗不洗澡倒不重要，让米杰天冷了也能玩玩水倒是不错。他还打算去州里买个大盆，或者电视里的那种大木桶。如今堡里会做木桶的人没了，不然自己上山砍点木头就能做一个，能省不少钱。

还有杰杰，我的好孙子，你是不是找不到爷爷了？有没有哭？他拿起杰杰的照片，米度忍不住想掉泪。

米度相信祖宗。也许祖宗有额外的考虑，这可不是活着的人能参透的。他现在已经不那么恐惧死亡了，自己是实诚的，遵守祖宗规矩。尽管现在不能和几位长老比，但是他心里一直觉得再过些年自己也会成为其中的一员，享受堡里人的尊敬，让子孙后代也感到荣光。虽然如今祖宗安排他提前来到祠堂，他还是在以长老的标准来要求自己。

他又跪在蒲团上，看着那些棕色的牌位和上方的匾额，心里有些事还是弄不明白。也许等和祖宗站在一起就豁然开朗了。他闭上眼在心里默默祷告："列祖列宗在上，米度一辈子没做过什么亏心事，老老实实过日子，长老们和堡里的人都可以作证。米度从没偷过东西，没有和别的女人乱搞过。"

这倒是实情。米度年轻时会吹笛子，在当时也算个文艺青年。年轻时南北二村的女人都愿意和他接近。胆子大的晚上就直接到学校找他，给他自己缝的荷包、做的吃食。但是米度是个规矩人，坚信祖宗传下的那一套，始终不越雷池一步，最后得了个"会叫的骡子"的名声，也有人说他眼高手低。他不敢说别人，但自己绝对是堡里一个干净的人。这是祖宗最看重的，他一直就觉得等自己进入祠堂会很容易就被祖宗接纳，只是没想到来得这么早，如果再活个十年八年的该有多好！杰杰也该上初中了，他很聪明，一定会考个好大学，这是他最后的心愿。

祠堂里太空旷了，一到晚上看着自己晃动的影子，米度就觉得很孤独。虽然他相信祖宗在看着自己，但还是和家人在一起更让他觉得温暖。也许是自己还没能和祖宗的世界连在一起，有时候这让他觉得有点慌乱不安。不应该这样亵渎祖宗，要诚心和祖宗交流。他希望自己的忏悔能让祖宗谅解自己的懦弱，毕竟死亡是让人疑惧的，没有谁会无畏地面对。

早晨醒来时，米度突然想："几天了？进来几天了？"他掐着指头数了数，又看了看本子上的记录，十七天，半个多月了。他觉得睡眠好起来了，身子骨也不那么难受了。他握了握拳头，清晰地感受到身体里的力量又回来了。他吓了一跳，"莫非自己的病好了？"

对县里大夫的医术他是深信不疑的，米化就是做了那个什么直肠癌切除手术，都活了这么多年了，看起来再活三年五载的也没问题。万一,万一大夫看错了呢? 死人还有回生的呢。他突然没了主意,也许只是回光返照,过几天看看再说。他按在木榻边上做了几个俯卧撑,只是有点喘,又在地上做了五个。他躺在榻上喘着气,翻来覆去看着自己的手,血管又绷了起来,颜色也不像原来那么黄了。他走到小院子里,在阳光下看了看,似乎又恢复了原来的活力。这可真是个好迹象。

他摸着长了不少的胡子,"祖宗的这个规矩现在应该改改了",像他这样顽强地活了这么多天的人,没刮胡刀、没烟抽真是折磨死人。虽然没出多少汗,衣服隔三岔五地也用水洗洗,身上还是馊了。在家的话,女人早就扒下他的衣服拿到河里去洗了。现在的河也不如以前了,水没那么清了,鱼也少了。小时候和米征、米赞整天泡在河里,搅泥捞沙的,那会儿河里的鱼也多,石头缝里常能摸到大鲫鱼,还有小胳膊粗的鲶鱼,现在就剩巴掌长的和一些泥鳅了。幸好铁粉厂在下头儿,不然这整条河都不能用了。

"下雨天那些乌鸦还待在树上吗? "外面突然狂风大作,噼里啪啦下了一阵急雨,空气里就都是雨点砸起的土灰味。他走到门边从缝隙里向外看了看。乌鸦不知躲哪儿去了,也许它们有个神秘的洞,可以直接通到祖宗那里。

他靠在门框上看雨,几乎要睡着了。晚上他有点儿发热。老胳膊老腿的禁不住折腾了,只坐着眯了一会儿就着凉了。水也是凉的，他喝了一口，打了个冷战。他把手里的本子翻得哗哗响。他找了支没有用过的笔，在角上划了划，趴在榻上，还写点什么呢？

"先祖先宗，我是不肖子孙米度。"他写了几个字，又停下来，写什么呢？他其实有一肚子话要说，在这里挨的时间越长，那些话堆积得越多。他想起自己小时候因为常年吃不饱，和弟弟掰邻村的玉米吃，撑得肚子痛。他现在还记得从小土坑里散发出来的香味，再也没吃过那么好吃的烧玉米了。他放下本子侧着躺好，把单子向上拉了拉，盖到脖子，望着前面墙上的牌位，没一会儿就睡过去了。

夜里他烧得厉害，浑身像裹着热布，出了一身汗。"这就要死了吗？"他坐起来，把自己裹得严严实实。坐了一会儿，头有些晕，昏昏沉沉的还是想睡。外面静得可以听见蚂蚱在草窠里蹦。这里只有石头和灰尘，要是在家就好了，吃点药，老伴儿会用热毛巾给他敷敷头，弄点热姜水喝喝，再用热水泡泡脚、抽袋烟，到早晨就没事了。他身体还算硬实，头疼脑热的一般两三天就好。

现在，他觉得自己可能抵挡不住了，身体像个筛子，四下里都透着风，从心里往外吹，把他身上的热气都抽干了。他又在忽冷忽热中迷迷糊糊睡过去，醒来时天已经放晴，外面传来几声乌鸦的聒噪。他摸了摸自己的额头，不热，看样子是好了，只是浑身乏力，看来祖宗暂时还不想收留自己，是忏悔得还不够吗？他觉得自己足够虔诚，足够信任，该说的基本都说了，还应该说些什么吗？折腾了一晚，腹内空空如也，饭菜还没有送来，他喝了口水，肚子里立刻咕噜咕噜地响了起来。

他在拉尿的时候，饭菜从那个小洞递了进来，家里好像知道他很饿似的，今天额外多了个包子，一碗浓稠的绿豆粥，一个馒头，一小碟腌葱。他吃了个点滴不剩，还是感到有点儿没饱。吃了东西，米度的体力很快就恢复了些。他在木榻上做了几个俯卧撑，气力又重新注入身体里。

这几天米度依然在向祖宗倾诉，把能想起来的话都说出来，还写下了一些自己知道的事，连心里的疑虑也都写了出来。不管怎样，让祖宗去评判吧，否则自己总是感到不安和亏欠。让他宽心的是，这几天没找到关于父亲的只言片语。他放下心来，如果看到不好的事情，他真不知道该怎么面对。

他的睡眠开始好起来，夜里也不怎么醒了，好像已经完全适应了这里没有钟表的生活。这里就像寺庙，那些和尚不也是总一个人在大殿里整晚诵经吗？米堡曾经出了个和尚，好像就是米普的一个本家远祖，一开始据说是在一百里外的百草山，后来说是云游四海去了，到死也没回来，出家人就不在祖宗的名册里了，也挺自在。抛妻别子的生活现在他也在经历着，不过他们就在几条街外。这么多天了，他们就没觉得有什么异常吗？

米度家最初的那种惶惑不安已经变淡了，时间越来越长，"这老头子还要挨到啥时候呢？"虽然家里人都没有说出来，可都觉得挺怪的。大儿子去找米维，"能不能去看一下"。

"哪有这个规矩！你不怕害了你家老爷子？"米维道。

这话倒是在理。他吓得缩了回去，然后偷偷到祠堂外问看门人。米朝说："还那样。"

"吃得多吗？"

"还成。"

"每天都做些啥？"

"我们只负责送饭，放下就走，一刻也不能多待。"米朝接过他的烟点着，说道。

他只好放下带来的两包烟，回去偷偷和女人说了。女人又和老太太说了，然后家里人就都知道了，仍旧恢复到那种惶惑不安的等待中。

几天后，米度越来越感到不安，身体里那种不适似乎渐渐没有了，他用手使劲推着石墙，能感到恢复得和发病前一样了。他吓了一跳："难道自己被……误诊了？"又过了两天，他的胃口完全恢复了，脉搏也跳得咚咚直响，他越发确信自己好了。离那个判定的日期已经很远了，足够死两回的了。他难以抑制内心的兴奋，哈哈笑起来，真是奇迹，如果不是误诊，就是祖宗被自己的虔诚感动了，重新赐予自己生命。他跪在祖宗的牌位前，重重地磕了几个头，坚硬的石板触得脑门发疼。还有什么比重生更让人激动的呢？好了，一切都好了，可以回去抱杰杰了！

米度兴奋得一晚都没怎么睡。一闭上眼，那些幸福的场景就浮现在眼前，整个堡里都会为他高兴。他出去正好赶上收割，结束后再去田里把水渠修整一下，对了，还要安个太阳能。家里人该多高兴啊！没有等到黑锦带，却把他这个大活人给等回来了。他想象着自己突然出现在大门口时他们惊诧、喜悦的表情。

米度早晨一直在等着送饭的人。太阳升起老高他才拎着食盒进来，返身把院门虚掩上，走到近前，把食盒打开，开始从下面的小口子往里面推。

"喂！我是米度。你是哪个？"

外面的人"嗯"地惊诧地停下来，没有动，也没有说话。

"是米朝吧？"下面缝隙漏进来的影子动起来。"喂喂！你告诉我家里人，我好了，我身体没事了，没病了，好了。"缝隙亮了起来。他从门缝里看见送饭的人在向外走，就又喊了一遍。那个人走到院子中间，回头瞥了一眼。

米度等了大半天，院子里还是静悄悄的，没人来看他。他不知道他是不是已经告诉他们了，还是告诉米弗了？天也晴了，他坐在门槛上，被下午的太阳晒得浑身发热。米度又坚持了一会儿，头有些晕。"也许晚上就会来接了。"他躺在榻上想。

他梦到门被打开了，但是一个人也没有，他就走了出去，接近院门的时候，门也像按了开关一样自动向两边打开，门外还是一个人也没有。他不想管那么多了，加快脚步向家里走去，路上好像横着个什么东西，绊了他一下，险些摔倒。他越走越快，几乎是小跑着。街上有一些人，好像在忙着什么事，没人注意他。他一口气跑进自家的院子，一个不认识的男人正在编竹筐，已经编了一半，长长的竹篾向外支着。那个人抬起头来看着他，年纪和他相仿。米度还是没认出是谁，为什么要在自家的院子里编筐？他俩就这样对视着，谁也不说话。

屋门开了，米度的女人端着自己的那个大竹节杯走出来，奇怪地看了他一眼，把茶杯递给那个人，在身上擦了擦手，问他："找谁？"

"我是米度啊！"他又气又急。

那个人看了看他，又翻着眼睛看着女人。大儿子出来了，还有儿媳妇，接着是杰杰。

"杰杰！"他叫道。

"爷爷，你看。"杰杰手里拿着个竹编的蚂蚱，跑到那人身边，坐在他腿上和他一起玩起来。那个蚱蜢编得很丑，竹片剥得太厚，编的缝隙又太大，脑袋像个怪物，一个须子长，一个须子短，可比他的手艺差多了。可是杰杰却玩得不亦乐乎，还搂着他的脖子亲了两口。没有人觉知到他的存在，好像他只是个影子。

"那人是谁？为啥杰杰叫他爷爷？"他醒来还在想。这梦并不吉祥，那人是谁？他依稀记得梦境院子里的方砖已经铺好了，就是那种深灰色的渗水砖。老了，连梦都做得这样荒唐。他在心里嘲笑自己，"那个人是谁？"

晚饭已经放在门沿下面了，任凭他怎么说都没有回应。他很快就吃完了，没吃出什么滋味。还是没人过来，这让他焦躁不安。按道理他们一定会告诉米维和米弗的，也许他们还要再观察几天，看看他到底是好是坏。但是他等不下去了，觉得自己完全好了，现在就是马上到田里干活都没问题。他设想着种种可能，愈发烦躁起来。他在小院子里走来走去，伸手比量着院墙的高度，看样子足有三米多。

天就要黑了，再等一宿。他回到屋子里却停不下来，沿着柜子走了一圈，选了个最窄的，也有一米半宽，把里面的本子挪到旁边的柜子里，用力从侧面推了推，试了试力气。他弯下腰抠着柜子下的间隙，把柜子一头抬起来转了九十度，放下，再如法炮制抬起另一头，费了不少力气才把柜子挪出来，靠在院墙边。这样就可以翻上去了。他喝了口水，踩着柜子里的格子小心翼翼地爬上去，站起来正好能扳住墙头。他踮起脚用手在墙头摸了摸，没有什么尖东西。他把褂子抿在腰里深吸一口气，蹲下身用力向上一跃，右手扳住了墙头，使劲儿蹬了几下，身体像被风吹歪的毯子，再用力蹬了几下，终于右胳膊夹住墙头，撑住了。他喘口气，用尽力气把右脚一点点移上来，像只笨鸭子骑了上去。汗从脖子流下来，真是老了。

院子里黑乎乎的，两株柏树黑黢黢的，像要压过来，越过墙头能看到远处的灯光。他等气喘匀了才跳下来，却把右脚崴了一下，手也擦破了一块皮，疼得他在地上坐了好一会儿。他揉着脚踝，热辣辣的，应该肿起来了，等出去找米祝捏一捏，贴点膏药，养个十天半月就好了，还能赶上割地。

他一瘸一拐地走到院门那里，还是那么高，没有任何可借助的地方，就是脚没问题也翻不上去。他从门缝里向外看了看，小屋子里的灯亮着，一些彩色的光在闪动。嘭嘭嘭，他使劲儿砸着门，心里气呼呼的，巨大的响声让米朝养的那只狗狂吼起来。

一个人出来了，站在屋角歪头看着，是米朝。他又使劲砸了两下，喊道："米朝，我是米度，我好了，开门。"

米朝看样子被吓到了，大声问道："你咋出来了啊？你咋出来了？"

"别问了，快开门，我好了。"米朝没理会他，转身回去了。

他气得又使劲砸了几下门，"米朝！你给我滚出来。"大约二十多分钟的样子，有一阵脚步声，停息了一会儿，有人从小屋子的墙角转出走过来。门一开，戴着面具的几个人就抓住他的胳膊，架着他往祠堂里走。

"放开，我没病了，我好了。放开，放开。我好了！我要回家，我要找米弗。"他喊道。几个人却没有迟疑，不顾他的挣扎抗拒，把他半推半拖着，又使劲儿往里一推，立刻把门关上了。米度气疯了，边骂边推着门。几个人顶着门，哗啦几声，把祠堂的门锁上，留下兀自嘶吼不停的米度。

他听着声音，外面小院子的门应该也被锁上了。他们急促的脚步声消失在黑暗里，最后传来大门被推上时沉重的吱呀声。

米度使劲砸了几下铁门，震得手掌生疼。他颓然地坐在木榻上，气得头昏脑涨，难道就看不出来他已经好了吗？他们怎么能这么对待自己，对待一个摆脱死亡的人？他们怎么能这么对待自己？

他又走到门前，从粗壮的栏杆间看着外面藏蓝色的一小块天，足足有十几分钟，心情还是不能平复，想不透。挣扎中他没看出来都有谁，那个有点发胖、按住自己脖子的应该就是米维，米朝一定在里面，另外两个人他想不出来是谁。这帮王八羔子为啥要这么做？就不怕遭报应？说不定明天他们就会接自己出去。

第十三章·选举

一大早，米栾家的女人就在院子里扯着大嗓门嚷嚷开了："哪个这么缺德没良心，把我家水泵偷走了！也不怕回家半道上拿不动，一个跟头摔死，真是不得好死，死了也进不了祠堂！"

米栾家的这台水泵说起来还挺有故事。前年春天开始种地的时候，米栾抽空去了趟县城边上的亲戚家，发现亲戚家院子里的水井上面只剩下一截一尺多高的陶管，上面用塑料布蒙着，一根白塑料管从井里伸出来，经过东山墙，从后屋窗边的一个窟窿里连到靠窗的水缸。亲戚和他说井里放了个电泵，一拉电闸，水就会自动抽进缸里。他觉得这个东西真好，还不贵，也就三百来块钱，于是回去时就直接去了县城，买了台和亲戚家一样功率的水泵和二十米长的塑料管，在客车上还被售票员多收了两块钱。这台水泵足足被米栾炫耀了两三个月，直到米征家也买了个更大功率的。

到现在米堡有三分之一的人家都安了水泵，都直接挂在水井里，上面用一块塑料布把井口盖上。只有米栾家觉得金贵，从一买回来就用锁链锁上了。

堡子里的人也觉得奇怪，别人家的水泵都没上锁，米栾家的那条锁链原来是米朝拴大黄狗的，足有中指粗，一般的钳子哪里能掐得断，非要那种长柄的大钳子不可，谁会带着那么一个大家伙去偷东西哩！再说了，米夏、米贵家新买的水泵没丢，单单米栾家那个已经用了几年的旧东西给偷了，又不是什么文物，这贼也真是笨得出奇。

堡子里对这桩离奇的盗窃案议论纷纷，都想不明白其中的关节。不管怎样，米栾可是报了案的，派出所的人第二天还真来看了看。

又过了四五天，就在人们已经差不多要忘了米栾家的那台旧水泵的事时，派出所的两个人开着车来到米度家，直接把正在园子里打垄准备种菜的米义给抓走了，临走时冲着惊慌失措的米义家人丢下一句话："有人举报他偷了米栾家的水泵。"吓得米加慌忙去找米征、米普商量。

汽车扬起的灰尘还没落定，大柳树下已经聚集了不少人，你一言我一语地说着。

"真是怪事儿，为啥一开始不举报，非要快到选举了才举报？"

"就是，要先办他个知情不报的罪过。"

"谁呢？"

"谁知道是哪个鬼！米夏刚才不是说在县城里看到米义在卖水泵吗？"

"反正我是不信，就那么个破东西就算卖还能值几个钱！米义又不是傻子，为啥非要担着个盗窃的罪名？你们说是不是这个理儿。"

"会不会给判刑啊？这要是判个三年两年的，米义媳妇可就快要生了，这孩子一下世就见不到爹，可是够可怜的。"

"就是，米度还在祠堂呢！这米义又出了这么档子事儿，今年米度家真是百事不顺啊！"米征、米普一时也没了主意。到了派出所，人也没让见。米普就偷着把教导员叫出来，问了问。教导员说有人举报了，这也不是赔不赔钱的问题，承不承认怎么也得拘留几天。

米度家这一事不平一事又起的，让全家人都坐立不安，还要安慰米义媳妇别动了胎气，说也没什么大事，过两天自然就回来了。隔了一天，派出所通知说拘留七天，罚款五百元。米普算了算，正好是选举第二天放出来，心里也就多少明白了些。

在选举前一天，米加去村委会找米弗，这么多天了，想去看看老爹。"明天就选举了，我弟又不在，想去看看老头子。"米弗知道这是在借选举的由头，倒是不好说不行，"米加，这几天太忙了，明天就选举了，你看我们都走不开，你也是个明白人，别急，等选完了再说。"

米弗看着米加离开，又和米维、米元商量了半天选举的事，这才安下心来。这上上下下的经营了这么多年，起码在自己进入祠堂前还没人能改朝换代。他只是担心儿子，所以才要让他早点历练历练，俗话说久病成医，经历得多了，这里边的门道就摸得差不多了，无非就是搞关系，跟上个可靠的人，然后一切就都水到渠成了。

至于米普，米弗知道就算米普有再大的能耐也扳不倒自己这棵根深叶茂的大树，最多就是摇晃掉几片叶子，也就像得了胜一样心满意足了。米普这孩子说心里话在堡子的后辈里还是数一数二的，要不是他几次针对自己这么折腾，他原本想让他和米维搭班子，米维当书记，米普当村主任。可惜这孩子太不懂事，总想一步登天，真是人心不足，就算自己当年不也是先老老实实打了几年下手。

现在形势有些微妙，他不希望在旅游的事上节外生枝，那才是关系到以后的大事，可由不得米普他们给折腾散了。他躺在藤椅上边默默抽着烟锅，边把这些事前前后后又仔细捋了一遍。他是个精细人，这么多年就是凭借运筹帷幄打下米堡最大的基业。他知道堡里人对自己又敬又畏，不少人都希望他早点进祠堂，可自己不还是活得好好的，掌控着米堡的里里外外。到时候堡里人就会发现，这米堡缺了米度米普还是一样，要是缺了他米弗，这米堡就不是米堡了！

选举那天，连省里都来了人，县里的书记、县长全来了，锣鼓喧天，鞭炮齐鸣。在老人们的记忆里还没有这么热闹过。选举热热闹闹地搞了一整天，最后镇里何书记在大喇叭里宣布选举结果，米维得了六成二的票，当选米堡书记。

晚上米加几个到米普家喝酒，米征不顾女人的劝阻把几瓶好酒拿出来，几个人闷声喝了几杯，米加忍不住愤愤不平起来："这堡子里的人眼睛都瞎了，连米普哥给安自来水、修水泥路这么好的事儿都看不见，非要投米维搞什么旅游，旅游旅游，那就是米维家自己的事儿，和咱们有什么关系。"

"人家可是拍胸脯一当选就当场和那个王老板签合同的，要是真能给堡里每家都多弄几个钱倒也是好事儿。"

"签合同顶个蛋，又没见到真金白银，我看米弗这次是想把米堡给卖了，这米堡就没人能治得了他了。要是米普选上了大伙儿才放心。"

"唉，我问了十多家，都说投的米普，最后一数下来米维那小子咋会多那么多票？我看这里面一定是有鬼。"

"米普要是想到给各家换瓦就好了。"

"我说你就是猪脑子，你以为米维会用自己口袋里的钱，还不是咱们大伙儿的钱。再说了，谁稀罕那几块瓦！我倒要看看米维说的把自家的轿车放到村里公用是咋个公用法儿！"

"这村委会就米维和米元，咋个公用法，米维和米元用了那就叫公用。"

"米普，不是我说你，你也该像米维那样每家给送点儿，他送二百，你就送三百。这堡子里爱财的还真不少哩。"

"咱堡子里就算一家五百也没多少，人家送的多的是镇里的官儿，那才是关节。"

"他倒是真舍得。"

"这叫背着抱着一般重，他前脚送出去，后脚就会捞回来，不信你们就瞧着。"

"那个王老板真有钱，还要再盖个祠堂，弄得几个老头子也没话说了。这米弗的心机真是深，米维要是有他一半的能耐就行了。"

"米维？！我看等米弗一进祠堂，他也折腾不了几天。"

"听说米维要摆三天酒席，我是不去，谁愿意给他送钱谁去。"

"你没听米维自己吹嘘，'这就是政治'。还他妈政治，他懂个啥叫政治，穿着衣服像个人，脱了那身皮就是个二流子。"

不管咋说，米维是选上了，米普提出的"不管谁选上都设立一个财务监督小组"的事却没人提了。明天米维还要摆席，就算是嘴上骂得再凶，该去也得去。

人散了，米征在院子里坐了会儿，今天的酒喝得憋闷，他望着满天的繁星，想起米度来，往常这酒桌上少不了他，两个人喝两壶烧酒，说会儿心里话。现在只剩自己，这老兄弟不知道在里面咋样了？

米征披着凉衫，醉醺醺的，摇摇晃晃来到米祠。他使劲瞪大了猩红的眼睛看了看夜色中的祠堂，突然高喊起来："米度，米度！我是米征啊！米度！"

护祠的米朝一听见喊声，拎着半瓶啤酒出来，见是米征，赔着笑问："米征叔，怎么走到这儿也不进屋啊？咱爷俩喝点。"

米征瞪着他，冷冷地问："米度咋样了？"

"叔，我只是个看门的，哪知道啊！"

"你不是还送饭吗？怎么看不见？"

"我，就是把饭放那儿就走了，他还没起来呢！"

"我要进去看看米度。"米征狠狠瞪了他一眼。

"叔，你这不是给我出难题吗？再说了，我哪有钥匙啊。"

"你把门打开，我进去和米度说几句话。"

"钥匙在米维那儿，我打不开。"米朝见米征醉了就应付道。

米征又翻来覆去地嚷嚷了一会儿，临走前对米朝说："明天你送饭时告诉他，就说我来看他了。"

米朝露出为难的神色，龇牙咧嘴没有应声。

"你要是明天不给我回话，看我怎么收拾你！"米朝望着米征摇摇晃晃的身影，小声嘟囔着："儿子选输了到这儿来耍威风，这要是米普选上了还不把祠堂都推倒了。有能耐自己找米弗耍去！"

第十四章 · 洞

　　离翻墙那天已经过去五天了，这几天都是响晴薄日，就要
收割了，地里也会干爽些。米度的脚踝已经消肿了，使劲按还有
点儿刺痛，伤筋动骨怎么也要三两个月才能好利索。每天还是到
时间就有人给他送饭，也不听他说什么，放下就走。除了送饭的
人，再没有人来过。外面院子里的乌鸦叫得都少了，常常静悄悄
的，只有野鸽子盘旋而过时才在半空中留下一阵呼啸。祠堂的门
一直没有打开，他只好撕下几张纸拉在上面，然后包着从北墙角
的那个有两拳粗的孔中用一根小细棍推出去。撒尿也是在那儿，
留下一股尿骚味。苍蝇也多起来，嗡嗡地扰得他心烦。

　　他坐在木榻上向四周望去，现在，他觉得这个大屋子实在太
空旷了，虽然门锁着，但四面向外无限延伸，无边无际，好像永
远都没有尽头。这几天他总是在怒火和失望中煎熬，没心思再看
那些本子。

　　米度突然对祖宗产生了怀疑，那么多事如果都是真的，他

们就不觉得良心不安吗？就不怕祖宗的惩罚吗？米度想不明白。可能他们并不相信祖宗的神灵，可祖宗怎么能对这些视而不见呢？他站在牌位前望着那些已经被他擦干净的牌位，想了一会儿，不自觉地又跪到蒲团上，在心里默默祷告了一阵才起身。也许以后自己也会身列其中，看着自己的子子孙孙，看着米堡的春夏秋冬。

又起风了，外面飘进一股土灰味。要是米普当上书记就好了，一定会告诉他家里人，然后一起兴高采烈地把自己接出去。米维？米度不相信这都是米维的主意，准保是米弗，他就想退休了还把持朝政，只有他才会这么无情，用这个来惩罚不听话的人。

米度现在更加想念家人，想念杰杰，想念还没长大的小狗，那些总在院子里四处刨食的鸡鸭，已经被晒干的豆角架，还没修整完的粮囤。烟丝只剩下一点点了，只够一袋烟的量。米加他们知道自己想出去的事吗？就算知道了又能怎么样，只要米弗不点头，谁也别想把自己放出去。其他的几位长老呢？他们一定都知道了，米宁和自己倒是挺亲近的，还沾点亲，估摸着就算他想放自己出去也不敢和米弗说。米征、米普呢？要是换作米征在这里，自己恐怕也不会去冒和米弗撕破脸的风险。唉！人就那么回事，亲兄弟还要明算账，何况朋友呢！他不由得又胡思乱想起来。

　　他越想越感到烦躁不安，慢慢站起身，踮着脚挪到门口那里站了会儿，又扶着柜子活动了一下，望着粗重的梁木，祠堂里什么都没变，又剩下他一个等死的人，难不成自己真要挨到最后的日子才被人从这里抬出去？他知道祠堂从来都不是为活人准备的，但是现在生命的活力又重新回来了，他还不想成为这里的一部分。

　　他沿着墙转了两圈，用脚踩过每一块青石，在离北墙角那个小洞一米远的地方，有三块青石间的水泥条松动了。他站在一边用力往下踩，另一侧微微翘起。他从木榻下找了块半尺长巴掌宽的木条，把断裂的水泥条抠出来，缝隙刚好能插进手指。他试了试，不到一掌的厚度。他又用木条拨出一些土，岔开两腿，弯腰把双手伸进去抠住点石板的下沿，指缝里的泥土胀得指甲生疼，他忍着疼用力把石板向上掀起。沉重的石板被缓慢地抬起，他用那只没有受伤的脚掌顶住，缓了口气，忍着另一只脚脚踝传来的一阵阵刺痛，用力把石板推立起。屈起的指关节被磨破了几块，他在裤子上抹了抹。下面是一层被压得平实的夯土。他把三块巴掌厚的青石都掀了起来，出了一脖子热汗。他不想歇息，用木条开始一点一点挖下面并不硬实的土。一会儿就抠了有一竹筐捧出来堆在旁边。胳膊有些发酸，他坐在地上看着那个小坑，又看看手里的小木条，要是有把锹，或者一个饭铲，他能一顿饭工夫就挖个地洞出去。

有一块青石下面的土比较硬，他就撒了泡尿，半天才渗下去。他用木条一点一点抠着夯得结结实实的泥土，累了就歇会儿，嚼几根烟丝，折腾到晚饭时间，米度已经把靠墙那两块青石下的土都挖了出来。

第二天他一醒来就又开始抠，到中午又弄完了一块青石下的土，等到晚饭前他已经在四块青石下挖出来一个有五十公分宽、一米深、两米长的土坑。再往下挖就都是石头了，不知道有多深。他光着脊梁坐在榻上，望着这个像墓穴一样的坑和边上的一大堆土，感到很是丧气。

晚饭送来了，不知是米朝还是谁，停留了一会儿。他直勾勾地盯着门，心想："赶紧去告诉米弗，就说我给自己挖了个坑，死了直接把旁边的土推平就行了。多省事！"米度相信用不了一袋烟的工夫，米弗、米维就都会知道，他正等着他们来说道说道。

一晚上都没人过来。第三天醒来的时候，米度已经放弃了逃出去的念头。他现在只希望堡里能有个人过来和他谈谈，这样他也能说说自己为什么要逃出祠堂。也许昨天他们都没空，也不愿意晚上到祠堂来。

外面的乌鸦突然轰的一声呱呱叫着飞了起来。有人来了吗？

他快步走到门边从缝隙里往外看了看，过了会儿又没了动静。他现在羡慕这些乌鸦有双翅膀，不愿意待在米堡就飞到别的堡子去，哪棵树上还不能搭个窝。

　　米堡每年有两次祭拜。一次是在春播前，规模小些；一次在秋收后的第一个礼拜天，这才是最隆重的，往往会持续十多天。每年由一家出祭品，小献祭就是一只鸡一只鸭一只鹅，加上一些馒头果品；大献祭可要隆重得多，要一整头单独用饲料喂养的白色公猪，还有鸡鸭鹅什么的。今年大献祭的祭品是米高家的，那头大白猪已经长得膘肥体壮。祭拜完要把祠堂里打扫一遍，然后就在祠堂外面的空场里摆酒席，还要搭个小戏台。

　　全堡的人每年都盼着这样的节日，可现在米度还在祠堂里，总不能给他拌几片安眠药吃了睡几天，米度家里要是知道了，说不定会闹成啥样。眼看着就要秋收了，大献祭的日子越来越近。米弗掐着指头算了算日子，就算今年到时候雨水多拖延几天，也就还有不到一个月的时间了。米度还在里面，真有点棘手。前几天米弗和米维一直想商量个稳妥的法子，当听米朝说米度竟然跳墙逃跑，还在祠堂里挖洞，米弗觉得再这样下去说不定要闹腾出什么事来，儿子刚刚选上，米普他们还在愤愤不平到处找茬儿，虽然是儿子、米元、米朝和米图一起把米度又推进去的，可没有不透风的墙，万一传出去说米度好了可就麻烦了。另外王老板那边旅游的事还在催着，还要搞什么艺术家观摩团来米堡考察。他左思右想，咬了咬牙："就这么定了。"

"这不是出来不出来的问题。"看儿子还不开窍，米弗已经有点不耐烦了，又担心起以后自己老了他可怎么办。

"你倒是说个明白，总让人猜。"米维有点不解，一脸的不服气。

米弗把磨得发亮的铜烟锅装满从州里带回的烟丝，米维给点着了，米弗抽了两口，眯着眼睛等烟雾散尽了才缓缓说道："这是祖宗的规矩。"

"要是他们说祖宗又没说不能接出来，咋办？"米维嘟囔了一句。

"你就欠历练，什么事都看不到点子上。自古以来，有人从祠堂出来过吗？"

"没有。"

"为啥？"

"因为这是祖宗的规矩？"

"对，这是祖宗的规矩，咱爷俩敢违背吗？谁违背祖宗的规矩，谁就没有资格待在米堡。"

"可……"

"没什么想不明白的，这不明摆着的理儿吗！祖宗不收的人，你敢收？"

"问题是他不是看起来没病了吗？"

"谁知道有病没病。县里的大夫会错吗？一定是米度自己怕了，不敢去见祖宗，想出这种鬼主意要出来。祖宗让他多活几天，不见得就是不让他死。这是在考验他，谁知道他都做了什么见不得人的事儿。"

米维觉得有些不妥，但是又觉得老爷子的话不无道理。

"你和米普竞选的时候，米度家选的可不是你。"

米维被说得也动了气："那咋办？"

"米度挖空心思想出来，这就是对祖宗的不敬，背叛祖宗规矩。这可不能容忍，不然以后别人怎么办？进去待两天就要出来咋办？再说，再说他出来想干啥？你知道祠堂那些柜子里都装了啥？凡是看过的人都不能再出来，不然米堡就天下大乱了。"

"柜子里到底装的啥？"

"都是祖宗们记下的事儿。"

"爹，你看过？"

米弗没有应声，又紧抽了两口："这不是看没看过的问题，你咋还不明白！真是榆木脑袋。"

米维去召集几位族里的长老开会去了。米弗抽完了一袋烟，闭目仰头靠着墙想着："米度，你别怪我，是你自己坏了祠堂、坏了祖宗的规矩，我不过是维护祖宗的规矩罢了。"

族里的会议被安排在晚饭时间，米弗家的几个女人弄了一大桌子酒菜，拾掇好，只剩下六位长老，加上米弗、米维，正好坐满了一桌。

"米元没来？"米化问了句。

"这次是紧急长老会议，别人就不参加了。"米弗道。

"有啥别的事？搞旅游我没说的，早搞早利索。"米化道。

"边吃边说。"米弗先端起酒杯示意了一下，喝了一小口，其他人也都跟着喝了半杯。

米维又和几位长老喝了几杯酒后，米弗放下筷子，看了看他们，缓缓说道："这次是想和大伙儿商量一下米度的事。"

"米度进去可有些日子了，祖宗还没收他走？"米栾嚼着嘴里的菜道。

"祖宗收不收那是祖宗的事儿，咱们管不了，咱们管的是他被收走前的事儿。"米弗停下来，放下手里的筷子，看了几个人一眼，继续道：

"米度在祠堂里不安分，破坏了祖宗规矩。"

几个人停下来，在心里咂摸着他话里的意思。

"就前几天。"米弗看了眼米维，"上个礼拜三，米朝说米度在里面把祠堂的柜子掀了，还在地上抠了一个坑。"

"抠坑做啥？莫不是要把自己埋在祠堂里不出来了？"在祠堂里动土这可是罪过，破坏祠堂就等于在挖米堡的根，这个米度，到底要干啥？几个人都动了气，"他是不是要学米赞落得个孤魂野鬼的下场！"米高怒气冲冲道。

"要不要去和米度问一下？看看他到底为啥做这种事？"米宁觉得有些蹊跷，但也不好为米度辩护，试探着说。

"在祠堂里就归祖宗管，从来没有人和祠堂里的人说过话，这不合规矩。"米化首先反对，其他的几个人也附和起他的意见。

"当初米赞跑了，让全家人跟着受罪。现在米度又在毁坏祠堂，这不仅祸及米度家，也殃及整个米堡。不给个说法，说句对祖宗不恭敬的话，祠堂以后就直接推倒算了。"米离道。

"本来米度也没几天活头了，临死还要祸害米堡，这种人本来就应该赶出米堡。"米栾跟着说道。

"坏祠堂就是坏祖宗的规矩，米堡没有祠堂、没有祖宗的规矩就不是米堡。"

"这次把大伙儿请来就是商量一下，看看是不是把米度放回家去？"米弗说完把烟锅拿在手里，用手指撵着烟嘴。

"放回去？这咋行？他不是还没死呢吗？"

"就是，这不合祖宗的规矩吧，米弗，好像还没人从祠堂里自己走出来的吧？这咋行？"

"可米度现在在里面这么折腾，我怕祖宗怪罪咱们。"米弗放下烟杆缓缓说道。

"谁知道这米度犯了什么病，平时看着挺老实的，咋进了祠堂就……真是知人知面不知心。"米化道。

"我看这么办吧，既然米度在里面折腾，对祖宗不敬，咱们看看商量一下要不要把他放出来。咱们几个长老如果立下规矩那不能再改。"

"这有啥好商量的？用不了几天兴许就死了。"

"当初米赞跑了，让全家人跟着受罪。现在米度又在毁坏祠堂，这不仅祸及米度家，也殃及整个米堡。这不是我一个人的事儿，不给个说法，说句对祖宗不恭敬的话，祠堂以后就想进就进、想出就出好了。"米弗冷冷说道。

看着几位长老不住点头，喝了口酒继续道："我是怕传出去米度家里人说咱们长老们不管进祠堂的人，再编排大伙儿啥的就不好了。其实就是我进去了，也没特权再出来，这就是规矩。想进去就进去，想出来就出来，那以后还咋管？这祠堂我看要不要都两可了。"

"这话在理，别人也挑不出什么。"米夏道。

"米堡不是米度自己的，是我们大伙儿的，米度这么折腾祖宗本来就对不住所有堡里人，让他家人也抬不起头来。不管咋说，米度是咱米堡人，今天我就提议大伙投个票，是不是就任凭米度这么折腾，还要把他放出来？"米弗言罢，几个人都担心米度给米堡带来灾难。米宁看了看米化，又和米栾几个对望了一眼，心里各自盘算着。

"如果没意见就投票吧，黑色是留在祠堂，白色放出来。"米弗回身把那个浅黄色瓷罐拿过来，打开盖子，放在桌子中间，又拿了一个黑色的空罐子并排放着。米宁先从黄瓷罐里拿了两粒围棋子，一粒白色，一粒黑色。其他的几个人也都依次取出。他们按照规矩，选一个颜色再放进黑瓷罐中，其余的放了回去。投完票，米弗把黑瓷罐里的棋子掏出来放在桌子上，扫视了一眼几个人，缓缓宣布投票结果："留下。"

米维送走几个长老，有些担心地说道："爹，大伙儿都同意不放米度出来，可他要是在里面再活个一两个月折腾个没完可咋办？"

"这可由不得他折腾了。在祠堂就要守祠堂的规矩。"

"这事儿我总觉得难办，万一米朝嘴不严乱扯一通就坏了。"

"米朝好办。你有啥好主意？"

"我可想不出来什么好主意，还是你拿主意吧。"

"米度一定要死在祠堂，越快越好。"

"可他看样子一时半会儿还死不了，咋办？总不能进去把米度掐死吧！"

"反正都是要死，祖宗收的人谁也救不了。"

"那咋办？"

"这事儿可是咱爷俩的命，人家王老板就要带那些艺术家来考察了，这事儿也不能再拖了，早晚都是一个结果。"

"我也正愁这事儿，已经推了王老板两回了，再推人家就该起疑心了。"

"断粮。"

"断粮？"

"从明天开始不给米度送饭了。"

"这……其他长老会答应吗？"

"你可真是榆木脑袋，这事儿咋能和他们商量。"米弗眯着眼望着窗外漆黑的夜色淡淡说道。米度是个麻烦，不早点解决这个麻烦就会惹来大麻烦，他知道米度自己走出来的危险，那可是要翻天的。现在票也投了，这是大伙儿的决定，就算以后堡子里有闲言碎语也怪不到他米弗一个人头上。既然你米度不为大伙儿着想，那就在里面让祖宗惩罚你吧。他微微蹙起眉头，想着投票时每个人的动作，黑瓷罐里剩下的那个白棋子到底是哪个投的？米离？米宁？这让他多少有些不安。就算投了白棋又能怎样？不管那个没投赞成票的是谁，都不影响大局。

"你去告诉米朝，以后送饭由你来送，免得米朝嘴碎惹闲话。"他将米维打发走，看了眼儿子的背影，治村如治国，这小子还不懂。慢慢历练吧，再有几次米度这样的事他就知道该怎么做了。米弗又重新体会到掌控一切的满足感。

米弗走到院子里，孙子米格正坐在藤椅上玩手机，他笑着问："米格，你不是明天和同学去县里吗？"

"不去了，我们明天去爬山。爷爷，这次我又考了第三名。"

"乖孙子，真给爷爷争气，等明年考上大学爷爷给你买点啥奖励你呢？"

"我想要个越野折叠山地车。"

"什么车？"

"自行车，折叠的。"

"好好好。就一辆自行车啊！"

"这可不是普通的自行车，一万块呢。"

"这么贵，能飞啊。"

"可帅了，我和小波都打算考上后买一个，平时也可以骑着上学，还可以去越野玩儿。"

"好好，你要是考得好，爷爷给你买个小汽车都行。"

"好，一言为定。"

"哈哈。好。"

"对了，爷爷，我给同学发祠堂的照片，他们说那是迷信，我正和他们辩论呢。"

"谁说的？这是啥迷信，这是祖宗的规矩，没有米祠，米堡就不是米堡了。"

"可我也觉得挺怪的。他们在里面真能看见祖宗吗？"

"这不是看不看得见祖宗的事儿，是遵不遵守祖宗定的规矩，再说这规矩又不是你爷爷我定的，是祖上上千年传下来的。"

"可他们说现在都什么年代了，没有人相信有鬼有灵魂的。"

"在外面你千万别这么和堡子里的人说，否则你爷爷和你爸爸就没法在米堡待着了。"

"为什么？"

"我是大长老，不护着祠堂，难道你要我反了不成！"

"我也觉得有点儿怪，爷爷，你可以改革啊，把这规矩改改。"

"你还小，不懂这里面的关节。"

"什么关节？我觉得在里面待着，还不如和家里人待着更人道。"

"什么人道，人死了就不属于我们这儿了，要和祖宗在一起，这可不是什么人道不人道的，这是祖宗的道。"

"可是……"

"唉，你们这些孩子啊，就知道什么人道不人道的，人家说几句就糊涂了。"

"我承认这是历史留下来的，有它的价值，但是不能以个人的痛苦来维持啊！"

"什么个人的痛苦？"

"一个人在里面多无聊啊！我不是不懂，只是觉得该改改，说不定你一改，堡里人都愿意呢？"

"瞎说。谁愿意改祖宗的规矩，那是要折寿的。"

"等以后我有能力我就把它改了。"

"怎么改？"

"在里面放上电视，弄得和家里一样就好了。"

"小孩子不知轻重，你当祠堂是旅馆啊，想怎么弄就怎么弄？"

"爷爷，等你老了我就不让他们送你进去。"

"你敢！爷爷可不想背着破坏祖训的罪名。"

"我希望你最后的时候和我们在一起。"

"傻孩子，爷爷愿意进里面。咱们谁死了都要进去和祖宗在一起。"

女人已经睡着了，米弗还躺在黑暗中不能入睡："到底谁没投赞同票呢？"

第十五章·夜访

米 祠

　　天又阴了，还刮起了风。米度披着褂子坐在门槛上，风呜呜地吹着，扫得他身上有点儿发凉。他站起来在屋子里转了两圈，用手撑着墙使劲推了几下，让身体稍微活动活动。那堆土还堆在那儿，没什么可挖的了，身体也像被抽干了，总是觉得不舒坦。他捏了几根烟丝放进嘴里。这两天嘴里也黏糊糊的，舌苔发胀，连烟丝的味道都淡了很多。他决定把自己的这些事都写下来，到底是咋个回事，让后来的人自己看吧。

　　十点了，经历了昨晚的折腾，米度觉得饥肠辘辘，但是饭还没有送来。他奇怪米朝走哪儿去了，连饭都忘了送，莫不是去会那个跑了的女人去了？过了中午，还是没见人影。他使劲吼了几声，除了乌鸦嘎嘎的回应，什么都没有。他饿得心里发慌，把水壶里的水喝了两碗，躺在榻上眯了会儿，醒来时外面的乌鸦叫个不停，他以为是米朝来了。

　　"这帮东西！不知道死哪儿去了。"他恨得牙痒，又无可奈何。他试了试其他的石板，像焊在地里一样纹丝不动。他屏住呼吸跪下来看了看墙角那个小洞，除非变只耗子出去。上面的那几个洞高得更是让人绝望，即使上去了，也绝对钻不出去。

天渐渐暗了下来，乌鸦也都回窝了。远处传来几声犬吠，似乎在这个夜里他被人遗忘了，忍饥挨饿地过了一天。

来这里已经快一个月了，除了米康，他不知道还有谁在这里待过更长的时间。年代太久远的柜子他还没有细看，也许那里会记载着有个祖先厌倦了外面的生活，像个苦行僧一样自愿待在祠堂里侍奉祖宗的故事。这种看起来崇高的行为他现在还不想做，他只想出去，回到家里，回到杰杰身边，再享受几年天伦之乐，等祖宗再召唤自己时就会摒弃杂念，毅然决然。现在还不是时候，虽然入祠前他已经做好了死在里面的打算，其实自己并没有做好准备。如果他出去，相信堡里没人会觉得有什么不妥。自己会在空场摆上三天酒席，而且献上最好的供品。他还想把封在地窖里的米酒拿出来和米征几个一醉方休。他跪在蒲团上，心存感激，庄重叩首，默念道："米度一定不负祖宗恩赐！请祖宗放我出去吧！"

外面的乌鸦突然轰的一声一起飞了起来。他侧耳听了听，除了半空中乌鸦的叫声什么都没有。他歪着脑袋从门缝里向外看了看。院子里有只猫喵喵地叫了几声，跟着他的太阳穴突突地跳了起来。咋回事？这似乎不是个吉兆。

快到半夜的时候，米度还没有睡，外面大门一响他就听到了，一骨碌爬起来，走到门边侧耳听了听，没什么动静。过了一会儿，才传来一阵轻微的脚步声。大半夜的，是谁？他突然有些忧虑，是米朝送饭来了？还是偷偷看看自己是不是又想跑？一想到上次被他们扔在榻上就气不打一处来。

脚步声在祠堂门口停下来，有一会儿什么声音都没有。他刚想吆喝一嗓子，听见开锁的声音，小院门被拉开时吱呀直响，在静夜里听起来有些瘆人。他从门缝里向外看，一团黑乎乎的影子站在那儿。

"谁啊？"他突然问道。那人好像被吓了一跳，还是没吭声。

"米朝吗？你他娘的死哪儿去了饭也不给送，信不信我出去给你一顿耳刮子！"他骂道。

"你别管谁了，我来问你几句话。"影子向前走了一步停下来。

"米维吧。你咋来了？米朝呢？"他听出米维的声音。

"咱堡子里的规矩你也知道。"

"啥规矩？"

"祠堂的规矩。"

"咋了？"

"进了祠堂就不能出去。"

"谁规定不能出去？"

"你见过谁出去了？"

"米维，规矩是死的，人是活的。我现在好了，难不成你还要我一直待在这里？"

"祠堂不是你家院子，想进就进，想出就出。"

"祠堂不是我家的，也不是你家的，还没听说过要关没病的人！"

"上次你跳墙坏了祖宗的规矩，堡里要给族人一个交代。"

"跳墙怎么了？我不是还没出祠堂的院子吗？我不是还在这里吗？"他觉得米维的话有道理，这一点上自己确实有些理亏，"我找你们，你们又没人应我。"

"我来了，有什么话说吧。"

"我好了。没事了。"

"谁能证明你好了？好了当初你进祠堂干什么？"

"祖宗现在不想收我，我好了，没事了。"

"这又不是儿戏，你说好了就好了？"

"你可以过来看看我到底好没好。"他向后退了几步，等着米维从门缝里看。

门缝边黑影动了动，他把袖子挽起来，叉着腰稳稳地站在那里，刺眼的灯光下，无论从哪个角度看，他都是一个生龙活虎的人。

"这你说了不算。"

"怎么？我自己的事我说了不算，谁说了算？"

"反正你说了不算。"

"那把我再送到县里，让大夫检查一下。"米维听了却没有接茬。

"有话你不妨直说。"米度不知道他进到祠堂想告诉自己什么。

"祖宗有祖宗的规矩，堡里有堡里的规矩，你跳墙的事不能就这么算了。"米维警告道。

"米维，说话凭良心，我要不是没事了会跳墙吗？我喊了两天你们有人来应过我吗？"

"你在祠堂里，谁应你做啥？从来也没这个规矩。"

"那你咋来了？这是哪的规矩？"

"我？是长老会决定让我来的，你挖地道已经破坏了祠堂，坏了祖宗的风水。这可不是随便说说就算了。"

"我要出去，你们再开长老会商量商量。我已经好了，不该再待在这里，祠堂是不关活人的。"

"长老会也不是你说开就开的。"

一只乌鸦突然嘎嘎地叫了几声。

"米维，你现在选上书记了，大小也是个干部，睁眼说瞎话的事儿最好别做，为你老爹多积点德，免得……"

"你懂什么。"米维显得很不屑。

"我懂的比你多得多。"

"你知道什么？"米维又警觉地问道。

"等你自己进祠时就知道了。"米度忍住火气，先出去再说。又一只乌鸦突然嘎地叫了一声。

"你把话说明白。"

"祠堂里有很多祖宗的事，我现在都晓得了。"

"晓得什么？"

"你去和米弗说，就说我说的，米德、米赞家的事儿，我都晓得了。他自然就明白了。"

"哼！你先说明白了，别装神弄鬼的。我家老头子也没工夫搭理你。"

"那我就先告诉你一声，米赞家的猪是被人下药毒死的。米德的事儿我也晓得。"

"哼！你说毒死的就是毒死的？"

"咋死的你们心里清楚，你也用不着在这儿装糊涂。"

"哼！"

"我现在和你说，我身体好了，要是不信就一起去县医院检查，我要出去。你告诉米弗，纸里包不住火，各退一步，全米堡的人都知道我米度不是不讲信用的人。出去了你走你的阳关道，我过我的独木桥，两不相欠。"

"哼！好了，你等着吧。"米维走了。米度本来想告诉米维他是米弗的亲生子，想想算了，有什么分别呢？不知道老米弗知道自己晓得米德他们那些事会怎么想，料他也不敢对自己如何，还是那句话，各退一步，相安无事。

米度不知道外面的人是怎么监视自己的。会监视吗？对于一个将死的人，应该不会。但是自从他做出那个骇人的举动后，他们一定会偷偷看着自己，趁着自己晚上睡着了扒门缝，或者用一把长梯子爬到上面的圆孔往下看。看吧，死不了！

后半夜的时候他又恍惚被什么叫声惊醒了，歪头仔细听了听，只有树叶哗哗的声音。他突然想起米一。如果米一还活着的话该多好，他就有三个儿子了，可能就不会要小女儿了。结婚四个月，女人就有了，那个折腾啊，吃什么吐什么。人们都说，这孩子就算来到世上也不会是个安分的主。生米一的时候倒是出奇地顺利，六斤四两整。长到三岁的时候，突然有一天晚上孩子抽成一团，双眼上翻，口吐白沫，吓得他和女人乱作一团。那时米加已经快一岁了，还在奶窠里。第二天早晨，公鸡刚打鸣，他就抱着孩子赶汽车到县医院。

"这是癫痫，可能是惊着了。"大夫告诉他，给他开了点安神的药，"回去试试，不行再来。"

从那以后，米一抽搐的频率越来越高，县医院的大夫也没办法，让他们不行就去找算命的看看，是不是冲着什么了。他又去了省城，回来还是一样。十里八村懂医术的都看遍了，还是不见好。米度自己晚上偷偷来到米祠外，跪在大门前不停地磕头、祷告。孩子还是在几个月后夭折了。

他现在已经想不起米一的样子了，只记得他左腿内侧有块铜钱大的胎记，紫色的。"也许我也要去陪你了。"他闭上湿润的眼睛，迷迷糊糊睡了一会儿，又有什么东西叫了两声。他睁开眼，四处看了看，"米一，是你吗？"他在心里说。

炊烟烧起，米度闻到了死亡的气息。前几天他还发愁自己的胡子，已经长得快和米离的一样长了，下面的还好，上面的也越来越长，原来根本就没打算会有机会用上刮胡刀什么的，大家，包括他自己，都觉得他在祠堂里面能做的只有两件事：吃饭，以及躺在榻上等待死亡的降临。或许还有一件事，像在家里一样，把勉强吃进去的东西带着淡绿色的胃液一起吐出来。当时看来他活不过一礼拜，六七天时间，刮胡刀什么的压根儿就用不上，等抬出去时再一起给他拾掇干净。他摸着下巴上一寸多长的胡子。这些他都能忍受，就是没有烟抽实在熬人，嘴里没滋没味的，没有烟雾笼着，整个身子都觉得皱巴巴的难受。到了现在，这些似乎都被他遗忘了。

米度越来越睡不踏实，总听得外面有动静。刚睡着没一会儿，有种奇怪的声音在脑海里越来越清晰。他以为是在做梦，醒来后屏住呼吸听了听，那声音就在门外，像是有人用钥匙在锁眼里转动。他吓了一跳，慢慢起身，那声音停了几秒钟，又响起来。他蹑手蹑脚地走过去，猛地用拳捶了一下门，传来唧的一声。原来是只耗子。家里的谷仓柱子上应该绑几个玻璃瓶子，耗子就爬不上去了。耗子药最好用，可会毒死奇客。他还是放不下家里的那些事，这个家离开自己怎么行呢？

几天了，他嚼着从门缝下捡到的大杨树肥厚的叶子，苦涩异常，难以下咽，让他觉得更加干渴焦躁。昨晚他昏昏沉沉的，似乎听到有人在喊自己的名字，喊了几声。谁呢？他努力回忆着残留在脑海里的印象，不会是米加。是米征吗？还是幻觉？

他现在已经闻不到嘴里墨水的那股腥臭味了，只觉得嗓子紧得像被系上了一个死结一样。老天，下点雨吧！可是这几天都是响晴薄日的，连块成片的云彩都见不到。这就是祖宗的惩罚吗？难道我真的做了什么伤天害理的事？

一开始他还以为护祠的人有事忘了给他送饭，一直到晚上都不见人影。乌鸦那天叫得格外欢，是不是抱怨他没给它们馒头屑？现在米度连自己的吃食在哪儿都不知道。他倒希望有只乌鸦落进来让他逮到。那些乌鸦聪明得很，好像早就看穿了他的诡计。有只确实落在墙头，歪着头、瞪着小眼睛居高临下地看着他，好像打算一旦他倒下了就飞进来饱餐一顿。

第二天他醒来时门边仍旧什么都没有。他从门缝里用嘶哑的声音喊着。除了惊起几只乌鸦，声迹皆无。第三天还是没有人来送饭，就算是对自己在祠堂挖坑的惩戒吧，这也是应得的。到了第四天晚上，他终于明白了，这不是对他反抗的小小惩罚，自己将被饿死，就像他们对付米德那样。

他的胃从第二天晚上就开始疼起来，到第四天连肠子都像搅在一起，汗珠从额头、脖子连串滚落。他突然想起进来时，米征给他缝在裰子里小指甲大的一小块烟土。他的手开始像米陀一样哆嗦起来，他用门牙咬开黑线，取出烟土含在嘴里，没有什么特别的味道。嘴里的口水好不容易凑成一小摊，混着烟土的碎末咽下去，过了一会儿，胃里疼得更厉害了。他用手使劲压着腹部，心里祈求祖先快点把自己带走。

他又昏昏沉沉地在极度的饥饿和疲惫中睡去。好像平时一样，他牵着自家那头青背大牸牛，背着手走在前面，向水库走去。天气很好，天空是粉色的，云彩都是粉的，"是不是要下雨？"他手搭凉棚眯着眼睛往远处看了看。然后他突然就到了水库边上，牤牛已经被拴到那个木橛子上，低头啃着贴地的青草，青牤子突然扬起头发出一阵像鸟样奇怪的叫声，这就是只有将死的人才能听到的那种声音吗？尖利、悠长，唧——呀——唧——呀。

他现在已经虚弱得站不起来了，眼睛异常干涩，眼珠子像埋在沙子里，而且时常出现幻觉。刚刚就听见一阵急促的砸门声，砰砰砰砰砰。他费力地张开眼，那声音犹在耳边，侧耳听了听，一片寂静，米朝的狗也没有叫，又是梦吗？现在身体里的水分正被一点一点蒸出去，舌头像被烫伤了一样肥厚黏腻，胸口里像被塞了团麻绳，一阵阵发麻，有时又突然使劲挣扎几下，一口气在嗓子眼那儿堵着。

自从收到黄锦带，米度就每天都告诫自己，安心接受祖宗的安排，就算觉得有些事想不明白，那也是自己弄不清楚，谁又能把所有的事都想得透彻呢！人总是这样，活着的时候觉得日子长得可以砍掉一半，可等到真被送进了祠堂，又觉得生命亏欠自己太多，日子给得太少。有时候他想通了，心里觉得坦然一些，可多数时候还是想不通，转来转去的最后还是责怪起自己来。

有时候他也想到米赞，为这个堂亲可惜。人活着就是为个脸面不是？死了也一样，要给家人留点念想。连他都没有法子为米赞辩解，生死事小，失节事大。这个道理米赞该懂啊！

他更放不下家人，可惜自己以身待死，再也不能给他们什么关心了。好在死后会归于祖先，和列祖列宗一起保佑家人，保佑米堡。

现在，米度终于意识到自己就要死在这里了。这一辈子！这一辈子就这样过去了，以这种悲惨的方式，难道这是祖先对自己的考验？他怎么也无法压制那些怀疑，就算是死亡的考验吧，人总有一死，谁也躲不过不是。前些天他已经写了不少，还有什么要留下来的吗？谁会看到呢？——除了像自己一样终究要死在这里的人。他觉得还有很多很多话要写下来，想告诉杰杰自己多想他，告诉老伴儿这么多年受累了，告诉堡里人，米弗、米维有多混账。可是现在自己连笔都拿不住，呼吸微弱得像个婴儿，心脏一阵一阵乱颤。有时候他没有饥饿的感觉，胃像被揉成了一个纸团儿，几乎感受不到它的存在，整个心里都空荡荡的，身体如同被钻了很多小孔，能感觉到热气一丝丝地不断向外发散。

门口是一只耗子吗？黑乎乎的一小团，忽大忽小，在动。他揉了揉昏花的眼睛，那东西逐渐清楚了一些，是只耗子，只有半个巴掌长。"过来吧，过来。"他悄悄侧过身想用颤抖的手拿起一只鞋，近在咫尺却无能无为。小东西抖动着小鼻子嗅来嗅去，向前爬了几步，又转过头向柜子爬去。算了，就算它爬到你鞋子下面也没有力气打死它。将死的人竟然连一只耗子都不如！

他又陷入昏迷中，感觉自己站在一片高地上，风渐渐大起

来，空气里都是田埂上青草的味道。他紧了紧鼻子，再闻，还有
一股潮湿的土灰味。天上突然阴云滚滚，电闪雷鸣，下起瓢泼大
雨来，那雨势他从未见过，即使九七年发大水时也没下过那么
大的雨。下了半天，雨头也不见小，自己站着的地方，水渐渐漫
了上来。天有点儿亮了，他放眼望去，整个堡子都被水淹了，只
露出一排排的屋顶。他惊慌失措，不知道儿子和杰杰他们怎么样
了？四周都是白亮亮的水，一些黑色的巨大木头漂在远处的水面
上。二儿媳妇仰面漂在水里，圆鼓鼓的肚子上蹲着一只蛤蟆，他
正要捡根树枝赶走它，雨点突然变成了冰雹，足有鸽子蛋大小砸
进水里，哗哗响成一片。

　　幻象消失了，米堡的大喇叭又放起一首曲子。又有什么事？
女高音刚唱了几句就停下来，里面传出拍打话筒的噗噗声，接着
咳嗽了两声，是米维。

　　"米堡的全体注意了，米堡的全体注意了，今天晚上，召开
全体会议，每家出一个代表，晚饭后，七点到村部开会。"米维
连着播了三遍。米度记得前些天是开党员会议，这又要开全体大
会，按说只有像分地、修高速路这样的大事才会开全堡大会。又
出什么大事儿了？折腾吧！用不了多久你们就会遭报应。

　　一会儿外面又响起了一阵密集的鞭炮声。他想不起来又有什
么事了。后街米什儿子结婚？九点整放鞭，这是米堡的规矩。原

来堡里的对联、喜字都是米度写的，吃酒时也会和米弗他们一桌。人们对他的尊敬是默默无声的。现在还有人会想起他吗？知道他将被活活饿死在里面吗？祖宗，难道你们就不管管吗？

他用尽力气从榻上滚下来，仰面摔在地上，身体没有任何痛感，可力气已经不够他爬到牌位那边。他就停在地中央，眼睛里涌起迷雾，光线变得五彩斑斓，他仿佛看见屋顶射下一束耀眼的光，一个个面孔浮现出来，一些人穿着古老的服装。他一眼就认出了老爹，他手里拉着一个戴着迎春花冠的小孩儿笑盈盈地看着他。

"来了。"老爹道，那个戴花冠的孩子张着胳膊跑向他，是米一吗？

"我还以为你不来了。"旁边的米陀红光满面，和一个不认识的老头儿站在一起，"这是你大太爷。"他们看起来都没变样，又显得很年轻，脸色红润，神情祥和，像是有说不完的喜事儿。光束变得越来越耀眼，那些人也发出闪烁的银光，把祠堂照得和白天一样。最后忽地一闪，光束慢慢收缩，盘旋着变得越来越小。人们向他招了招手，转过身。他觉得另一个自己从身体里飘出来，没有一点重量，飘进将要收尽的残光里，然后那光小得只剩下一个点，终于消失了。

就在米度死的那天夜里，米义的女人被送到县医院，产下一个男孩儿，虽然还有一个月才足日子，可也有五斤多，大夫说不打紧，在保温箱里放几天就没事了。堡里人都说这孩子就是米度的魂魄化来的，不然怎么那么巧，早不生晚不生的，就生在他走的当天晚上，早产还能活下来，就连米弗、米维都觉得心慌。

第十六章 · 申遗

米 祠

　　米弗生日那天，在小学校的办公室和操场上摆了二十来桌酒席，不但王老板和米培来了，连县里文化局的管局长都来了，镇书记和镇长作陪左右，席间觥筹交错，让米维觉得是从未有过的荣耀。

　　米征的小舅子家这几天正在打井，米普最近出车也没回来，赶上这日子，米征就让米巴去随份礼："少喝酒，我弄不动，你回来把葡萄架旁边那两根杆子换了。"米巴应了一声，把二百块钱揣起来就去了。

　　这次米弗家的酒可是好酒，为了这一天，米维提前一个月就和县里的烧酒厂招呼过，这次要最好的酒，可不能掺水。"酒罐子"米什一扭开小塑料桶的盖子，哈喇子就流出来。"真香！带劲！"他先喝了一大口，咂巴着嘴，"好酒！好酒！"

　　小学校操场上很快就在酒香和吆喝声中一片喧嚣。喝了半席，米维端着酒杯开始到各桌敬酒。

"米维，旅游公司搞起来，咱们每年都能分不少钱吧？"米贵红着眼睛笑嘻嘻讨好道。

"不是我吹牛，只要我是书记，少不了大伙的。"

"哼！凭什么书记还是你家的？"米巴背对着米维，端着半碗酒压不住气道。

"米巴，这是怎么说话呢？"米维转过身站到米巴侧面看着他，"就因为你哥哥选输了，还不服气是吧？"

"服个蛋！你自己咋选上的自己不知道啊！"

"哎！你这话什么意思，你说明白，愿赌服输，玩不起就别玩！"

"操！你要是干干净净我现在就撞死在武将军腿上。你敢对祖宗发誓吗？你敢吗？"

"有什么不敢，你别和我来这套，看你小不和你一般见识，米征叔呢？过来管管你儿子。"

"算了，算了，都是醉话。"米元几个赶紧把他俩拉扯开，推着米维走了。

米巴把酒碗狠狠顿在桌子上，气呼呼地起身回去了。酒席一直持续到晚上八点才散，老米弗心满意足地在榻上躺着，听着儿子和女人们的恭维，心里也由衷高兴，这在十里八堡的也是从未有过的排场，也只有他米弗才有这个面子。他觉得这次管局长不光带来了面子，还让他对米祠有了新主意，申请文化遗产保护。他一直担心自己身后米维罩不住堡里的几个棒头，自己以前的那些事万一被这些一直心怀不满的东西翻腾出来……他一想到这儿，就觉得申请文化遗产是再好不过的办法了，以后谁也别打祠堂的主意，也可以给米维留下个好名声。有了省里的保护就不怕了，就算他们敢闹，也要掂量掂量自己的分量。

说了会儿闲话，他和米维坐到院子里："你今天和米巴吵个啥？"

"这小子好歹不分，说我不是好好选上的。真气死我了。"

"你现在是书记，注意自己身份，跟个野小子争什么？"

"我就说找米征说道说道，他们说米征去旁村了，没来。"

"米征没来？"

"没来。"

"行了，他们再闹腾，书记不还是你吗！"

"早晚要给这小子点苦头吃。"米维气呼呼地说道。

米弗咬着烟杆，翻着眼皮看了眼仍然愤愤不平的儿子，说："今天管局长说申请遗产保护的事儿，我觉得挺好。"

"我倒是没觉得好在哪里。"

"把米祠申请文化遗产保护起来，以前电视上不是说过什么联合国遗产保护吗？差不多。"

"那可厉害了，要是能申请到联合国的，这下咱堡子可露脸了。"

"管局长说申请这事要一步一步慢慢来，不能一口吃成个胖子。"

"管他哪儿的，能保护就有钱。"

"钱是缺不了。"老米弗想了想，没有继续说下去。

"啥时候弄？这事可要抓紧了才好。"

"行了，这事你知道就行了，别张扬，具体咋弄我还要想想。"米弗道。

管局长第二周就想带县里的专家来现场看看，镇里专门为此开了几次会，全力支持申请文化遗产保护，并还要聘请州里的专家给指导指导，等到大献祭结束了就开始操办。

这段时间，人们嘴里的唾沫就像四月的杨花飘荡在米堡的上空，堡里人从来没遇到过这么多事，从米度被送进祠堂到选举，再到申请遗产保护，人们心里都将信将疑，对未来既充满期待又有些恐慌。明白人像米普几个心里都清楚这个理儿，米弗他们就喜欢折腾，越折腾越可以浑水摸鱼，有利可图，至于跟着一块儿睡不着觉的街坊邻居，最终也多是帮着抬轿子空吆喝。

米度周年的日子，米征几个亲近的都来了。大伙儿走了他还坐在坟前那棵松树边，嘴上叼着根草秆儿，用粗糙的手掌抹了抹眼睛，说道："你宽心吧，祖宗保佑，你也多保佑家里。"他又想起米度被抬出来时瘦得皮包骨一样，就该这样，他是胃癌，进去的时候就几乎吃不下东西了。他双手的指甲都劈裂了，里面都是混着血迹的泥，看起来临死前一定很难受。可为啥舌头是黑的？米加和米义给父亲擦干净身子，谁也没敢说什么。

安魂台上的火是米征点起来的，这本来是米朝的活儿。他用一块沾了汽油的布，油烟味还没在四周散开，米度家的女人已经开始扭过头哭成一片。干燥的木头堆很快就变成一个大火笼，呼呼啦啦伴随着木头爆裂的声音和女人们的哭声，足足烧了一个小时，米朝几个人中途还添了两次柴，火头儿一直蹿得老高，飞灰掺杂着那股味道在四周弥漫开来。最后，烧得火红的木堆终于轰地塌下来，无数火星冲天而起。

他就这样看着老哥们儿消失在火焰中。米度只比自己大一岁三个月，老哥俩再也没机会一起喝酒说话了。想到这儿米征忍不住呜呜地哭出声来。过了一会儿，他看着坟前的几小堆儿黑灰，擤了把鼻涕，叹着气：唉！这人啊！

米度周年后的第二个礼拜六，就在新祠堂完工准备剪彩的前一周，米丽的饭店正式开业了，鞭炮噼里啪啦地足足放了半个钟头，震得人心里发颤。这日子是镇里毛半仙儿给看的，神鬼都要让路。米丽穿着一件中式的鲜红外衣，像个新媳妇一样眉开眼笑地和前来捧场的镇民政助理几个人说着话，米弗、米维陪着派出所所长给招牌揭幕，"米堡兴旺大饭店"，红底金字，在阳光下熠熠生辉。

"这里应该挂几个红灯笼。"副镇长两只手比出一个西瓜大小的形状，"把你们的玉米搞两串挂这儿，咱们自己不觉得怎么样，但是城里人就喜欢这种土腥气。"

"对对，明天就弄。"米维笑着点头道，脸上的细纹像被鞭炮炸开了一样。

下午捧场的人很多，直到晚上才轮上堡里的人。县城里请的厨师手艺确实不错，那菜做得又好吃又好看。米弗喝得满脸通红，见到米加还拍了拍他的肩膀。

米征差了女人去随个份子，自己和米普边喝茶、抽烟，边说着米度，还有米丽的饭店。

"米丽前些年，就是你和米维第一次争书记那年就想开饭店，那年不知道怎么没弄成。你米度叔早就说了，这饭店米弗家早晚都是要开的。"米征喝了口茶，又拿起烟杆。

"爸，在堡里开饭店，能有几个人去吃啊？我看一定会亏本，开不了几天就得关门。"儿媳妇在地上收拾着，不以为然道。

米普苦笑了一声："米弗可没那么傻，他比猴儿都精。"

"怎么？他还能逼着大伙儿去吃啊！"

"没见识。米弗做的可不是堡里人的生意。"

"外村人也都是自己做着吃，谁会来啊？"

"不用外村。"

"什么意思，不用堡里人，不用外村人，难道去拉城里人？"

"咱堡里人谁会去吃几顿，除非冬天菜少来客。米弗动的歪主意瞒不过我。他是想把米丽的饭店当作招待领导的地方，然后村里出这个钱，最后都落到自己腰包。"米征边说边吐着烟。

"这老东西，鬼心眼真多，难怪都说米弗是人精。"

"每年村里的招待费还没个几万的，这饭店到底是米丽的还是米弗的还不好说哩。"

"那以后咱也不去捧他的场子了。"米征的女人立刻改变了主意。

"你不捧场，总有人捧的。瞧着吧，以后来村里的头头脑脑少不了，再说了，堡里搞旅游，要是来的人真多起来，他家就有捞不完的钱了。"

米堡的喜事最近接二连三，米丽饭店开业刚三天，镇里通知"文化遗产保护"项目被省里文化部门初评通过了，省里和州里的专家还要来米堡考察，为终评做准备，以后有条件还可以申请国家级的，顺便为新米祠揭幕。

"一定要好好准备，一定要把米堡、把镇里的风貌展现出来，一定要让领导和专家满意，一定要成功，不许出任何乱子。"镇长又嘱咐道。

米维高兴坏了，这可是个大大的露脸的事，坚决按照镇领导的四个"一定"，把考察接待工作做好。

好日子终于来到了，省里和州里的专家一下车，就在欢迎的人群中直奔新祠堂，在院子里听取镇书记和米维的汇报，然后举行了热烈的剪彩仪式。米祠也第一次破例让非米堡的人站在安装了铁栅栏的大门外观看。米维陪着四位专家站在门口仔细看着，专家对那副匾额上的字很感兴趣，做着各种颇有文化内涵的解读。

"柜子里是什么？"满头银发、精神矍铄的老专家问道。

"是祖宗的灵魂，按照族规，任何人不能打开，打开就魂飞魄散了。"专家们看着柜子上的大锁，连叹："真是奇特！可惜了，可惜了！"

酒过三巡，专家们对米祠的建造和历史啧啧称奇，赞不绝口。"米祠很好，经过这么多年的风风雨雨，顽强地保存下来，保留了民族古老文化的精髓。我看应该大力开发文化旅游产业，继续把米祠这块文化品牌做大、做响，走出米堡，走出米镇，走向全国，走向全球。"

镇领导和米维情不自禁地鼓起掌来。米维用拍得通红的双手端起一大杯米酒，哽咽着说道："请领导、专家放心，生是米堡人，死是米堡鬼。保护米祠就是米堡人永远的责任，是米堡人的命。我们要像保护自己的生命一样保护米祠、爱护米祠，让米祠永远流传下去！"

又过了一年，大献祭刚结束，老米书就被送进了米祠，等他被抬出来不到一个月，省优秀文化遗产的匾额就被送到了米堡，据说，国家级文化遗产项目的申请也在紧锣密鼓地准备中。

王老板花重金买了一块花岗岩巨石，又破费了一万块请了一位姓余的大作家写了篇《米祠赋》，用烫金楷书刻在花岗岩上，放在新米祠的院子里：

> 盘古开天辟地兮，地分南北；育我于洪荒兮，始有人伦；三皇五帝延绵兮，华夏巍巍；接彼于北宋兮，米氏初成；书画双绝耀世兮，余荫万世；承继于先祖兮，接壤盛世；
>
> ……歌我始祖兮，永志后人！颂我盛世兮，光耀万年！

晚上，米堡到处敲锣打鼓，鞭炮齐鸣。镇里还专门在米堡新祠堂前的大广场举办焰火晚会，请来州里一个著名的剧团唱了两天的戏，在老人的记忆里这可是从未有过的热闹。镇长点燃了第一个烟花，砰砰地蹿上夜空，在米堡紫色的天空中绽放，闪耀。只是有几个落下的火花把米平家的干草垛引燃了，火借风势，映红了米堡的天空，大伙儿赶紧提壶担水，奔走相救，折腾了一个多钟头才算弄灭了。

　　等烟花再次在空中炸响，人们继续吃着、喝着，笑着、骂着，重又沉醉在一派欢天喜地的幸福景象里。

〔完〕